阅美文

老去的村庄

黄孝纪 著

黄孝纪

西苑出版社

图书在版编目（CIP）数据

老去的村庄 / 黄孝纪著 . —北京：西苑出版社，2018.11

ISBN 978-7-5151-0647-2

Ⅰ. ①老… Ⅱ. ①黄… Ⅲ. ①散文集–中国–当代
Ⅳ. ① I267

中国版本图书馆 CIP 数据核字（2018）第 236297 号

老去的村庄

LAO QU DE CUNZHUANG

出 品 人	赵 晖
责任编辑	陶永学 汪昊宇
特约策划	凌 翔
责任印刷	陈爱华 严令升
责任校对	刘娟娟
封面设计	戴 敏
出版发行	西苑出版社 XIYUAN PUBLISHING HOUSE
通讯地址	北京市朝阳区和平街 11 区 37 号楼 邮政编码：100013
电 话	010-88636419 传真：010-84281520
	E-mail：xiyuanpub@163.com
印 刷	三河市金元印装有限公司
经 销	全国新华书店
开 本	710×1000 毫米 1/16
字 数	160 千字
印 张	13
版 次	2019 年 1 月第 1 版
印 次	2019 年 1 月第 1 次印刷
书 号	ISBN 978-7-5151-0647-2
定 价	49.80 元

目　录

第三辑　至亲

第四辑　至爱

第一辑　乡亲

黄　璧

黄璧是我家乡湖南省永兴县洋塘乡八公分村的符号，也是村里人心目中最景仰的图腾。周边十里八乡，黄璧大名鼎鼎。很多年来，每有外村人谈到八公分村，或者是从八公分村路过，常会啧啧称赞一番：“八公分出了个黄璧，是个了不起的大角色。”

我刚上学的时候，就经常听父亲讲黄璧读书的故事。村人多称呼黄璧为黄盖，又因他在村里是“朝”字辈分，也叫黄朝璧。黄璧小时候就在村北的黄氏宗祠里读书，他的父亲就是私塾的先生。学堂位于宗祠前厅大天井南侧的二楼厢房，需沿一架木板楼梯上下。有一次，黄璧的父亲检查他的功课，黄璧背诵不出，其父抬腿一脚就把黄璧从楼上踹了下来。此番之后，黄璧一心一意用功读书，成了村里最有出息的人。

这个故事曾让我提心吊胆了好些年月，因为我开蒙读书的地方也是在宗祠旁的二楼教室里，也需沿着一架木板楼梯上下，与黄璧当年读书的地方就隔着一条青石板巷子。我曾经到过黄璧读书的厢房里玩过，庆幸的是，我的老师不曾把我从二楼教室踹下，否则，非死即伤。

以后关于黄璧的故事，包括我父亲在内，村里人只要一讲黄璧，无不眉飞色舞，自豪之情溢于言表。黄璧功课特别优秀，从村里读到村外，一直读到省里。再后来，黄璧留学日本，进了东京帝国大学，学习枪炮制造。回国后，黄璧受到蒋介石的器重，当了简任官，又做了巩县兵工厂的厂长。简任官是民国时期由总统亲自任命的一、二等文官。而据相关资料介绍，巩县兵工厂历任厂长，军衔至少是中将。可见，黄璧当年的官阶确实不低。

黄璧的官位也曾保护了村里人免遭杀戮。村里老人讲，在距离我们村十里路左右的地方，驻着桂阳县一个还乡团，团长叫雷金胖子，是个杀人如麻的家伙，烧杀抢掠无恶不作。他有一句名言："到处杀得抢得烧得，八公分沾也沾不得。"

我父亲说，他只是在十几岁的时候，看到过黄璧一次。那次，黄璧来村里给他父亲办丧事。随同黄璧来的，还有他的夫人、孩子和几个勤务兵。那段时间，在宗祠里大摆筵席，全村老小和周边一些村的父老全部上席，鸡鸭鱼肉山珍海味不计其数。

黄氏宗祠的正大门也只在黄璧返乡时才又打开过一次。村里自古传下的规矩，宗祠的正大门必须在村里出了大人才才够资格开启。上一次开启正大门，是黄璧去日本留学之时。

黄璧那次回村，村里村外不少人想跟黄璧去当兵，有的想当官，有的想发财。黄璧乡情难却，希望去一些品貌端正的青年男儿，结果尽是去了一些不成器的人，给他添乱。之后不久，黄璧突然自缢身亡。村里流传的说法是，黄璧被人告发到南京蒋介石那里，说他"通共"。

有关黄璧的文献记载，我在《黄克诚自述》一书中看到过，大意是，1928 年黄克诚为躲避捕杀从家乡逃到上海，因无经济来源，生活陷入困境，求助过多位老乡，也没有人帮助他。有一天他偶然从上海的报纸上看到家乡著名留学生黄璧的报道，当时黄璧是上海兵工厂炮弹厂主任。

黄克诚以乡谊身份与黄璧取得了联系，黄璧回信，热情应允愿意给黄克诚以帮助。

近日，偶然在网上检索到黄璧的一些资料。黄璧（1887—1931），字完夫，湖南永兴人，1913年赴日本留学，日本东京帝国大学造兵科毕业，获工学学士学位。1923年回国，曾在沈阳兵工厂和巩县兵工厂任职。1924年后，在黄埔军校兵器研究处工作，代理处长，兼任高级班教官。后被聘为上海兵工厂工程师兼炮弹厂主任。1928年12月，被任命为兵工研究委员会专任委员。译有《炮外弹道学》一书。是国内杰出的兵工专家。1929年9月，黄璧奉派为巩县兵工厂厂长。到职初始，厂务繁杂，千头万绪，他殚精竭虑，既勤厥职，遂使厂务渐理。日久天长，身心憔悴，于1931年6月13日夜在巩县兵工厂内投缳自尽。

另有一种说法是，当时的军政部兵工署署长陈仪，为培植私人势力，把其外甥张宗敬安插在巩县兵工厂总务处长的位置上，该厂的其他要职，多有他的亲信把持。这些人平时有恃无恐，狼狈为奸，极尽中饱私囊之能事。黄璧接任巩县兵工厂厂长，为给工人按时发饷，与张宗敬一伙发生摩擦。1931年5、6月间，兵工厂工人自发聚集在总务处门口，强烈要求如数发给工资，张宗敬一伙置若罔闻。总务处鸣枪恫吓，结果更引发众怒，张宗敬被追打。为此，黄璧、张宗敬等均出面与工人解释。张宗敬将发饷扣款的责任推向兵工署，并答应亲带出纳科长赴南京讨要。黄璧怀疑他们逃之夭夭，因而将出纳科长扣作人质。因为这个科长是张宗敬的胞弟，这就更让张宗敬怒火中烧。张宗敬在只身前往兵工署时，诬告黄璧支持共产党煽动工人闹事，加上之前黄璧一个在兵工厂任会计的表弟邓丰立携款到上海购物而一去不返，张宗敬一伙更诬陷该会计有共产党嫌疑。结果黄璧有口难言，跳进黄河也洗不清，加上对腐败的社会深恶痛绝，乃于1931年6月13日夜投缳自缢。张宗敬还嫌不解气，又派稽查抄走了黄璧的日记本、手稿、文件等遗物。

黄璧在担任巩县兵工厂厂长期间同情工人疾苦，关心基层生活，死后全厂工人集资为其购置坟地安葬，并筑厂长黄公讳璧字完夫先生纪念塔，以示纪念。纪念塔镌刻故巩县兵工厂厂长黄君碑铭：

“君讳璧，字完夫，湖南永兴黄氏，世系详谱牒。君生而颖异，初习举业，誉冠童军会。变法废科举，入湖南高等学堂，三年毕业。民国二年考取留学渡日本，经一高预科及三高而入帝大，选习造兵，学成，受工学士学位。十二年归国，历任东北、巩县各兵工厂要职。国民革命军起粤东，任黄埔军校兵器研究处处员，代理处长兼高级班教官。身膺七职，寝馈不遑，而责无旁贷。沪兵工厂张前厂长岳军知君名，聘为工程师兼任炮弹厂主任，旋简调军政部兵工署专任委员。既勤厥职，公余，迻译德人克兰慈氏名著《炮外弹道学》凡数十万言，数易稿皆自手录，非毅力过人者不办。迨巩县兵工厂筹议兴复，君出任厂长。既受职，千头万绪，棼如乱丝，殚精竭虑，厂务渐理，而神经损于劳瘁，时露衰徵，不禁刺激。每遇难决之事，辄绕室彷徨，若受严谴，形容倾悴。辄致唏嘘，数以疾辞未尝报可，最后自拟电呈。驻厂军队更调频繁，匪警数传不已。因头疼实不堪繁剧，末，有‘辜负培植若得轮回再图报称’之语。人皆讶其不类。凶讣随至，君已投缳死矣，时民国二十年六月十三日夜也。春秋四十四，配邓氏、妾杨氏，子三人，男锦铭，邓出，男简生，女汉生，杨出。生平著述有可存者，以译德人克著为绝诣之作，待梓行世。君耿介不阿，视天下事无可喜戚者，然遇事则重以自任。不肯敷衍苟随。不为其轻若此，遗嘱留示全厂职工，复作绝命词云：‘五蕴皆空，求渡苦厄，牺牲一切，与世长辞。’若深有得于佛家说，了然生死之际者，何其从容，若是耶？是可伤已。君既逝，巩厂同仁重其所为，而感其谊，皆哭失声。因醵金于厂之附近营房后，辟地两亩，以藏君魄，并树碑铭。

铭曰：人生自古讵无死，泰山鸿毛有间耳。君胡一瞑竟长已，见仁见智良有以。推论何必执常理，君或权衡至当矣。况留半偈示忏悔，遗爱在人德之美。佳城郁郁黄河涘，丰碑峨峨嵩华峙。三尺青绅为君纪，马鬣崇封永其祀。

中华民国二十年十一月

军政部政务次长兼兵工署署长陈仪拜撰

军政部兵工署巩县兵工厂厂员费玉庭拜书

巩县兵工厂全体工人敬立”

一代杰出的兵工专家，一心报国，却抱恨而死，时年四十四岁。据相关文献记载，巩县兵工厂是20世纪中国四大兵工厂之一，在巩县兵工厂的历任厂长中，黄璧是少数几个贡献最大的行家领导者。

尽管死者长已，身葬他乡，但百余年来，黄璧一直是村人心目中的一座丰碑，他是八公分村的骄傲，是村里每个读书人的楷模！他发奋勤学、报效国家的故事至今仍在村里流传，并将继续激励后人。

思慕前贤，心潮激荡，赋诗一首，以吊黄璧：

勃勃英气出祠堂，东海抚舷渡异邦。
十载造兵学业就，一朝赴国盛名扬。
黄埔鞭指河山远，巩县厂兴枪炮良。
不惑正当思效力，人谗自弃实堪伤。

聋人爷爷

石板路像一根大而光滑的青藤沿着村前的小溪自南向北延展，每隔两幢青砖黑瓦的大屋，这藤条便向西分出细长的一枝，越过溪水，径直从两屋之间的马头墙下钻了进去，直到村后的山脚，留下一道逼仄修长的青石板巷。站在马头墙下，我常能看见有麻雀箭一般飞过两尺宽的天空，也常看见聋人爷爷拄一根木棍，担着两木桶水，一瘸一拐朝山脚的那幢高大的黑屋子挪去。

我所住的大屋就在溪水边，与聋人爷爷的黑屋子隔着几排大屋。有时聋人爷爷也会在溪边放下他的木桶，拄着木棍看我们在青石板上打纸板或踢田螺壳，这时，他往往满脸堆笑，咧开大嘴，露出满口的黄牙。

母亲曾多次告诫我，千万别在聋人爷爷面前揉肚子，否则聋人爷爷就要打人。这倒引起了我的好奇，我不明白揉肚子跟聋人爷爷有什么关系？我肚子痛时，母亲不是也常给我揉肚子吗？

有一回，我和几个伙伴佯装着玩耍，小心翼翼经过聋人爷爷的黑屋子，往里面看时，聋人爷爷正坐在侧门廊子的长凳上吸长烟筒。我猛然对着聋人爷爷揉了几下肚子，转身大笑而逃。只听到背后聋人爷爷哇哇大叫，仿佛追了出来。之后几天，我们看见聋人爷爷，就远远地躲在一边。

后来，母亲告诉了我不能在聋人爷爷面前揉肚子的缘由：一次，聋子奶奶肚子痛，聋人爷爷坐在门前的小巷里掀开聋子奶奶的衣襟帮她揉肚子，聋子奶奶露出的白肚皮随着聋人爷爷的手而晃荡，而这一幕正巧被人看到，成了村里的笑话。

知道这个典故后，我和小伙伴似乎更有了取乐的兴趣。以后我又多次有意无意地远远对着聋人爷爷揉肚子，引得聋人爷爷哇哇大叫，怒目而追。不过，我们并不曾因此而被聋人爷爷打过。聋人爷爷似乎也容易健忘，再次看我们在青石板上打纸板或踢田螺壳时，他依然满脸堆笑，咧开大嘴，露出满口的黄牙。

杏才爷

“哈哈哈哈，老实，你们恰（方言：吃），哈哈哈哈，我也马下进屋恰饭（吃饭）了，哈哈哈哈。”

每当巷子里响起一连串爽朗的哈哈笑声，不用说，是杏才爷从某家正在吃饭的人家门口经过了。村里的客套，每当吃饭时看到有大人路过自家门口，主人总会笑着招呼：“来，恰饭，恰杯没菜的酒。”若是杏才爷路过，主人必定还要欠身恭敬叫一声“杏才爷”。

杏才爷在村里辈分最大，朝字辈，我很小的时候，已有刚出生的序字辈孩子，照村里黄姓辈分“朝廷隆孝德，庠序重儒行”排起来，两者之间有七个台阶，若是这孩子按辈分称呼他，该叫“老老老公公”。不过村人已经约定成俗，男女老幼碰见他一律张口便称“杏才爷”。而杏才爷必定点个头，问候几句，发出一连串“哈哈哈哈”的经典笑声。

那时候，杏才爷还没有做爷爷，他的子女还没成家，按村里对年龄段的划分，他应该是个壮年人，中等身材，笑起来很亲切，两颗白门牙有点外翘。但这不影响他在村里的权威，夫妻打架了，两兄弟为赡养父母起纠纷了，邻里为小孩子的事斗嘴了，诸如此类，闹到最后，常会有人请了杏才爷来调解。一番哈哈的笑声和道理之后，杏才爷总能把双方的积怨化解。

杏才爷待人很有礼，就拿我来说，村里只要能开口说话的，都是叫我的野名“鼎罐”“鼎罐宝”“罐宝”，只有杏才爷叫我的书名“孝纪”，常让我听起来既陌生又感动。特别是我上了中学后，每次回村碰到杏才爷，老远他就几声哈哈，“孝纪来了，屋里坐啊，哈哈哈哈”。

杏才爷还有很多学问，令我很是敬仰。比如，他是打猎的好手，据说他有法术，到了山上，他围着几个山头转一圈，里面的野猪野兔野鸡等各色野物就被他固定在圈里跑不出去了，然后放狗进圈内赶山，他守住一个路口等着野物到来开铳就行了。又比如他会打时，有一次，我家的一头猪被偷了，我母亲伤心地骂巷一顿后，就去找杏才爷打时，杏才爷掐指一算，告诉我母亲，猪是夜里子时被偷的，往北边去了，找不回来了，退财人安乐。我母亲回家对我们一说，也就释然了。

有一事我一直闹不明白，杏才爷喜欢说“马下”两个字。比如在宗祠里开社员大会，他站在戏台上张开两臂轻轻往下一按，清清嗓子：“哈哈哈哈，大家安静，马下就要开会了，马下。”那时我常怀疑，是不是我课本上“马上”这个词是错的？不过这个疑问我一直没有当面向杏才爷提出过。

如今杏才爷还健在，子孙满堂，住上了新屋。前些年我偶尔回村，还碰到过杏才爷，他依然是那样经典而爽朗的笑声：“哈哈哈哈，孝纪来了，屋里坐啊，哈哈哈哈。”

娥英姐姐

娥英是仁保舅舅的大女儿，仁保舅舅是我满姨外婆的继子，据说娥英跟我三姐是同一年生的，因此我叫娥英姐姐。

我上小学的时候，仁保舅舅一年中总有三两次来我家，那时他在当民办老师，有时他会带来几本备课本或语文算术写字本送给我，让我非常惊喜。那时我读书是村里有名的，年年增多的奖状贴在墙上，是我父母最大的荣耀。仁保舅舅也向我母亲夸他的女儿娥英，说娥英比我高几个年级，也年年能得奖状。每当这个时候，我就想见见娥英姐姐。

记得我曾跟随母亲到过仁保舅舅家里做客，他家的正大门口有一口大半月池塘，全部是青石砌成的，是我那时见过的最大的池塘。在仁保舅舅家里，我见到了一个女孩和一个男孩，他们满面笑容，对我很热情，我就低声问母亲是娥英姐姐吗？仁保舅舅听到后，笑着对我们说，娥英到公社读书去了，路远，需要住校，有时要两个星期才回家一次。我心里顿时感到有些失望。尽管仁保舅舅带我到他家的菜园里采摘了我平生第一次看到的黄瓜，但因为没有见到娥英姐姐，我还是闷闷不乐。

我家建半栋瓦房那一年的冬天，我大约在上初中了。那个时候，听说仁保舅舅村里几乎家家户户都在做卷烟贩卖，仁保舅舅也在做这个生意，不当老师了，原因是工资太低，家里吃饭的人多。那年寒假，仁保舅舅知道我家建房还欠了不少钱，就赊了一些烟丝、糨糊、卷烟纸、包装纸给我们家，要娥英姐姐来教我们姐弟仨做卷烟，这让我感到十分开心。有一天，娥英姐姐来了，这是我第一次看到她，高挑而单瘦的身上穿一身蓝布衣服，脸色很白净，带着浅浅的笑容。她带来了几个木制的简易卷烟机，几枚刻了字的小木章子，还有几个小木方块。从炒烟丝、给纸张涂糨糊、卷烟、盖章，到做包装盒、装烟、封口的一整套流程，她都反复耐心地教我们操作。尽管她的方言特别重，很多话说快了我也听不懂，但她的脸上一直挂着笑容。娥英姐姐在我们家住了十几天，那些日子，我们姐弟四个每天在同一张方桌上各据一方，或站或坐，有说有笑制作卷烟，桌下生着火炉，屋子里充满了洋洋暖意和亲情。

我上高中的时候，听说娥英姐姐没有上学了。后来我母亲告诉我，说仁保舅舅的儿子脑子不聪明，仁保舅舅又超生了一个儿子，家里挣钱的担子就压在了娥英姐姐身上。以后，我的母亲不时接满姨外婆来小住几天，我又陆续得知了一些有关娥英姐姐的事情：娥英姐姐有胸口痛的毛病，偶尔喘气也困难；娥英姐姐是家里最孝顺满姨外婆的孩子，每晚满姨外婆的擦澡洗脚水都是娥英姐姐舀好和倒掉的，天冷时还要抱着满姨外婆的双脚把被窝睡暖和；有时她娘辱骂我满姨外婆，娥英姐姐总是护着我满姨外婆（她的奶奶），有一次她娘把我满姨外婆吃的一块肉从嘴里挖了出来，被娥英姐姐打了一个耳光。

1987 年秋，我顺利通过高考后，从家乡来到湘潭读书。有一天，我收到了三姐从广东的来信，告诉我娥英姐姐带她进了同一个工厂。我马上写了回信，信中写到了几年前娥英姐姐来我家做卷烟时的愉快回忆。娥英姐姐很快给我寄来了一封信，信比较简短，大意是说很开心我还记得她那么清晰，很多年没见到我了，也祝我以后前途似锦。那年寒假回家过年，听我三姐说，娥英姐姐长得很高了，人也很漂亮，很时髦，只是依然还胸口痛，面色潮红，而且仁保舅舅总逼着她回家定亲，尽管娥英姐姐十分不愿意。

大约第二年，娥英姐姐就从广东回家来出嫁了，我母亲去喝了她的喜酒。听我母亲说，男方长得很矮，是一个很偏的小村的，仁保舅舅已经收了人家很多彩礼，如果不嫁，要退一大笔钱的。娥英姐姐出嫁的那天，我满姨外婆哭得很伤心。

可是，娥英姐姐出嫁不到一年，生下一个孩子还来不及看一眼，就死了。

仁和哥

有一回，一帮爱谈闲天的村民站在村前的朝门口发表议论，说有人夜里醒来后睡不着，在被窝里勾着手指头从村头算到村尾，过了三十岁还没讨到妇娘（方言：老婆）的老单身公，村里竟然有好几十个，年龄最大的老单身公，比如采芹，比如涛老倌，都六十多岁了！这个统计报告令人吃惊，随即在村里传开了，有人摇头叹息，也有人不信，不过勾勾指头确实有这么多。令我有点遗憾的是这里面包括了仁和哥，本来他不应该榜上有名的。

仁和哥住在村子的最前面，出门就是一口大池塘，池塘边上栽着他家的几棵老枣树。小时候，我们附近的男孩女孩最爱在他家门边的青石板上单腿玩一种跳井字屋的游戏，或者踢田螺壳串，或者踢鸡毛铜钱毽子。夏秋的夜晚，我们常会端着饭碗坐在他屋子旁的青石条上吃饭乘凉，数天上密密麻麻的星星。这个时候，仁和哥也会拿出一把矮凳坐在石板上，吃饭或者给我们讲一些神话故事。

听我母亲说，我还在吸奶的时候，长得胖胖乎乎，招人喜爱，仁和哥最喜欢抱我。这话从仁和哥的口中也得到过证实，他说他是看着我一点一点长大的。在我的印象中，仁和哥总是一脸和善的笑容，衣服干净整洁，从不曾看到他发过脾气。我母亲说，仁和哥是村里的老高中生，有很深的文化底蕴，当然脾气好。此话确实不假，比如我们有时爬上仁和哥屋子前的枣树上偷摘枣子或者拿竹篙子打枣，仁和哥发现了，也不会像别人一样拿小树枝驱赶我们，他会说，快下来，别摔着了，别掉进塘里了。有时他甚至还会举起双手，把我们抱下树来。

仁和哥一家有三口人，除了他，还有他母亲和他妹妹。有段时间，仁和哥走妇娘运，来他家的媒婆不少，还有女子亲自来查看他家境的，大都很满意仁和哥。可是，仁和哥似乎不喜欢讨妇娘，还是有什么别的原因，因为他母亲常跟我母亲念叨："这个蠢崽子啊，给他说个妇娘，他就拿着本书不放，说不讨，说急了，他就说你要讨你讨，你说气不气人啊！"

几年后，仁和哥的妹妹也嫁人生孩子了，仁和哥还是没有讨妇娘，而往日给仁和哥做媒的人似乎也匿了踪迹。日子就这样平静地溜走，仁和哥在劳作之余依然穿得整整洁洁，爱拿一条矮凳坐在门口的石板上吃饭、看书和讲故事。他的母亲却没有他这么冷静，时常在背后扯衣角抹泪。

我在湘潭上学的那两年，仁和哥好像是村里第一个买手摇电打鱼机的人，假期的时候，我常看见他胸前挂一个小木箱子，腰里系一个鱼篓，手持两根通电线的长柄捞网，穿一双长筒水鞋在田野江边捕捉泥鳅鱼虾。他母亲是个信佛的人，不爱吃荤腥，他捕捉的这些泥鳅鱼虾成了村里人来客时购买的好菜。多余的，仁和哥就拿到集市上去卖。于是，他的身上一般常有点闲钱。我在学校缺生活费时，我母亲常临时从仁和哥那里去借十元、二十元的。

有一年过年的时候，我在村口碰见仁和哥，我们握手后，我贺好话说："仁和哥，祝你今年讨个好妇娘。"仁和哥苦笑了一下，说："这话不说了，唉，水过八丘了。以前村里人也还年年过年贺我讨个妇娘，现在都是贺我身体健康了，不提了。"

之后又过了多年。我母亲去世的时候，村里的祭奠礼生小组安排帮手，要仁和哥和另三个男子去山上开挖墓穴，我很吃惊，礼生解释说，近年来村里有白喜事，都是请仁和他们四个人去干这份差事，他们是老单身公，有后人的人不愿干这个的。我去请仁和哥，说明来意，仁和哥微笑着满口应承了下来。

如今仁和哥已苍老了很多，满面皱纹，我偶尔回村，他依然那么和善地笑着跟我打招呼。他的母亲也还健在，白发苍苍。有一天下午，我路过他门口的时候，看见他母子二人在门口的青石板上各坐一条矮凳，望着远山静默无语，在夕阳的余晖里，仿佛两尊雕像。

孝　炳

孝炳死了，我参加了他的葬礼。

村里房族思想严重，各房族分得很分明。红白两喜，逞强斗殴，一般都是房族相帮。我所在的房族据称是村里的一个大房族，因此小时候我要称呼很多比我年长几岁到几十岁的人为哥哥，孝炳就是其中之一。直到好几次听到他对我父母大吼，说与我家是早就出了五服的，我才意识到，我其实根本没有什么亲哥哥，只有三个亲姐姐，而且真正的堂兄弟也只有两人。

孝炳就住在我家老瓦房的后面，有两儿两女，他的大儿子梦德比我大好几岁。他家里我也曾去玩过，脏而黑暗。对孝炳，我似乎有点害怕，他头发长而散乱，脸黑而尖，没有丝毫笑容。几乎每天都能听到他在家里高声大骂，每当这时，他炸雷一样的骂声令我心惊肉跳，我不知道他是在骂谁？是别人招惹他了，还是在骂他的聋老婆，或者是骂他的四个儿女？

有人说孝炳是癫子，是六亲不认的人。也有人说，孝炳是个读过老书的人，毛笔字写得很好。不过，孝炳依然每天背着铁锄头进进出出干活，除了爱骂人，也看不出是个癫子。当然他的毛笔字我从来没看到过，即便他写了我也没胆量去看。

倒是有一次，我在村前的水井边亲眼所见，他的聋老婆正低头洗菜，孝炳大步流星从塘岸边走来，手拿一把柴刀，对准他聋老婆的头顶就是一刀下去，头也不回走了。我看见他聋老婆哇哇哭叫，脸面扭曲而惊恐，一股鲜血从头顶流了下来。

我一年一年长大，书也越读越多，村里原先的同学越读越少，等我读到高三时，村里竟然只有我一个人。我想不明白，这也竟然成了孝炳仇视我家和我的理由。

1987 年，我作为应届高中毕业生，顺利通过了高考，被湖南省建筑学校录取，是村里通过高考走出农门的第一人。这事不但村里轰动了，连周边的村庄都传开了。

那时我家早几年就搬到村南边新建的半栋瓦房去住了，与孝炳家相隔了很远。在办理了交粮食转户口等一系列手续后，我准备去外地上学了，这消息很快被村里人知道，一些老人给我送来了红鸡蛋，甚至有人说，村里准备在我上学前一个晚上放一场电影，为我庆祝一下。但一个不好的消息传到我母亲耳朵里来了，说孝炳要在我上学的当天在村前的路上等着用铁锄头打我，让我上不了学。

我母亲害怕了起来，因为没有不害怕的理由：我父亲七十四岁了，大姐二姐都已出嫁，家里只有胆小怕事的三姐和十八岁的我。因此我母亲临时决定，取消摆酒席庆贺，提前一天上学去。

那天早上，吃过早饭后，我在父母、舅舅、堂兄三节、村里好友仁录、高中同学运星的护送下离开了家门，我空手走在中央，一列纵队沿着村前的石板路向北走去。果然，在我家老瓦房前面的路上，孝炳手拿铁锄拦在了路中央，声称今天要打死我。一阵推搡之后，孝炳被我的亲友和闻讯赶来的村民控制住了，我也毫发无伤继续着上学的旅程。

那年寒假回家，母亲告诉我，那天的事情发生后，村里人都在谴责孝炳。

之后数年，我参加了工作，在城里娶妻生子。尽管我也还经常回家乡，但似乎很少碰到孝炳，也不想见到他，当然不是怕他骂，也不是怕他打，其实量他此时也不敢，因为他并不是一个真癫子。

突然，有一天我惊讶地接到梦德打给我的电话，他说："叔老，有一件事想求一下你，我父亲死了，想葬在你的油茶山上，请你原谅我父亲以前对不起你的事，来村里喝杯酒。"

几天后，我按期来到了村里，跟随送葬的队伍，把孝炳葬在了我的油茶山上。

教　兰

教兰如今像猪一样活着。

从蓝布单衫领口里冒出半寸长的脖子，上面是一张细皮嫩肉的国字脸，每当有人叫一声“教兰，又到哪里去啊？”他便缩头咧嘴一笑：“上永红圩。”“是不是去看小兰啊？”“嘿嘿，别打笑。”而教兰脸上的笑容似乎更灿烂了。这是二十多年前印在我头脑里的画面，那时教兰大约二十多岁，比我大十岁左右。

教兰家住村子中央，小而黑的半边老瓦屋便是他和母亲二人的巢穴。教兰似乎没有伙伴，我几乎每天都能看到他独自一人穿着那件常年不换的蓝单衫，往返村子与田野山岭之间，打柴或劳作。有段时间，听说他三天两头跑到山岭外很远的永红圩理发店去理发，那店里有个漂亮的妹子小兰给他理过发，还对他笑了，他便觉得小兰对他有意思，他也喜欢上小兰了。

那时，教兰要讨小兰做老婆的新闻传遍了村头巷尾，成了村民有意无意的笑料，因为在村民看来，这实在太明显不过，凭教兰那穷得叮当响的模样，不是癞蛤蟆想吃天鹅肉还能是什么？

有关教兰去永红圩理发店见小兰的故事也在村民的口中越传越多：为了筹钱理发，教兰到离村几十里的深山背杉木卖；为了筹钱理发，教兰平日里有空就去水田里捉泥鳅鱼虾卖；为了筹钱理发，教兰把家里唯一的老母鸡也卖了……

一天，半边老瓦屋里传出号啕大哭：“不得了啊！小兰嫁给别人了啊！”引得不少村民叹气。

哭过之后，教兰依然每天穿着那件蓝单衫去田野山间干活，但他似乎更爱捉泥鳅抓鱼虾了。有段时间，村前的小河里常有大人放炮炸鱼，引得我们这些半大少年很是羡慕。突然有一天，一个消息传遍村庄：教兰放炮炸鱼时，把自己的一双眼睛炸瞎了。

以后，教兰就成天待在那半边老瓦屋里，吃喝拉撒全由年迈的母亲料理。教兰的母亲矮而虚胖，很多日子，我看见他母亲与我母亲聊天时总是苦着脸叹气：“我教兰往后怎么得了啊！”也有心善的老太太劝慰教兰母亲：“说不定祖宗保佑，教兰的一双眼还能重见光明呢。”教兰母亲于是坚信这一天会到来。

有人曾建议教兰跟外村一个算命的盲人去当徒弟，也好将来他母亲死了能有口饭吃，但教兰最终还是没有成为算命先生。不过，他的脾气已经越来越坏了，摔钵子打碗也是常有的事。

数年后，教兰的母亲死了，她没有等到儿子双眼重见光明，而教兰也不相信母亲已死。那天村人把他母亲放入棺材里了，还被教兰在夜里摸索着抱了出来。从此，村里人都知道教兰疯了。

后来的日子，教兰由本房族一位年老的亲属供养。每到吃饭的时候，半边老瓦房的破木窗里伸出两只端着空碗的手，接过窗外的饭菜后缩了进去。我母亲在世时曾向我谈起过教兰的处境：“屎尿都在里面，吃得多屙得多，就是一个猪窝。”

如今，我的母亲也去世十一年了，而教兰依然像猪一样顽强地活着。最近有村里人告诉我，教兰那半边老瓦屋被铁路征用后得了两万元，有人愿意拿这笔，作为交换，为教兰养老送终。于是教兰又挪窝了，到了一处山角落里，离村有十里地。据说教兰头脑更不清晰了，饭量也很少了，依然屎尿都在猪一样的窝里，不时还要挨几下棍棒。

想必，教兰的大限之期已经不远了。

采　芹

双手捧着一部砖头般的旧书，两只脚蹲在大门口的青石墩上不时晃动几下，当村人从他面前经过，或者跟他打招呼时，他那瞪着旧书的眼睛连抬也不会抬一下，只从板着的老猴脸上那两只鼻孔里发出“空、空”两声，算是应答。

他是采芹，据说能认很多字，读过很多老书的。比如我上小学的时候，有一次就偶然看到他在石墩上读书壳子，那上面写着“三国演义”四个字。

采芹与我家所居住的老宅子只隔一条青石板小巷子，也算是近邻。不过我们可不敢招惹他，甚至很怕他。他是一个老单身公，好像从没见他笑过，也很少跟村人说话，整日里一个人进，一个人出，吊着猴脸子。村人背后说他时，都是一律脱口而出的一句“采芹干猴子”，满含轻蔑。而采芹似乎也很轻蔑这些不会蹲在石墩上一字一句念《三国演义》的人。我们这些乳臭未除的野孩子，当然更不入他的眼角。

我那时对采芹这个名字很是厌恶，觉得这个名字一点也不好听，采芹采芹，不就是到地里采一把芹菜吗？难道村里的芹菜还没有吃饱吃够吗？等我后来也读了一些古书，比如“思乐泮水，薄采其芹”，比如“新涨绿添浣葛处，好云香护采芹人”，才明白这个名字可不是一般文盲家庭比如我家所能取得出来的。这个浸泡了书卷气和功名心的名字，在我们村里也只有采芹才般配。这样，我似乎懂得采芹为什么手捧旧书蹲在石墩上一字一句念了。

采芹是哪一年死的，我不知道，估计也有花甲或古稀之寿吧。关于他的事迹，只记得一件。有村人取笑说，有一年开春，采芹准备犁田，他家的木犁少了一个套在牛脖子上的弓形牛轭，他便去找邻里借。为示慎重，采芹特地立字据一张，因一时不会写牛轭的轭字，他灵机一动，字据云：“今借到牛扁担一根。”

涛节嫂嫂

涛节嫂嫂是个男人。

涛节嫂嫂还有一个响亮又通俗的名字——“涛老倌”，村里无论老幼都这么叫他。至于他的真名叫什么，别说我不知道，村里十个人当中至少有九个没听说过。你若是硬要追根究底，估计得到的答案必定是这么一句：“他就叫涛老倌啊！”

涛老倌虽说是男人，但他不喜欢跟男人一起干活，也没见他干过村里那些大男人的活。比方说吧，连“老学究”采芹都会犁田，涛老倌不会；谁家建房子请帮工，涛老倌既不会砌墙，也不会拉锯，他的任务总是挑挑砖瓦，帮厨房洗洗菜什么的；至于老人出殡，他也绝对不会担任抬棺材那“八大金刚”的角色，无非是把把花圈，撒撒纸钱，手里拿块帕子不时抹抹眼泪，或者抓一把大鼻涕“啪”地一声甩在地上。

也没人见过涛老倌跟男人们一起洗过澡。村里的习俗，夏天的傍晚，男人们大多会提半木桶温水到村旁宗祠边的石板路上洗澡，把短裤一脱，赤条条或蹲或站，用澡帕子湿上水往身上擦洗，发出“稀里哗啦”的水响，一面有说有笑。我自从离开坐脚盆洗澡后，就常跟随父亲到宗祠边来洗，当初我最吃惊的是，怎么大人的胯下都挂有一块小黑布？不过，这样的场景里，我从没见过涛老倌。后来是听人说，涛老倌倒是喜欢像女人一样坐在脚盆里洗澡。

有人说，涛老倌年轻时也曾讨过老婆，不过几天就跑了。村里男人取笑说，是涛老倌办不了事。此事是真是假，估计连采芹这样有学问的人也不曾考证。其实，涛老倌除嘴上不长胡子外，也跟别的男人一样打赤膊，剃光头，而且身材高大。

涛老倌喜欢跟村里中老年妇女接近和诉说倒是不假。“啊呢，我屋里新鸡婆生了两个软壳鸡子（鸡蛋），你说怪不怪啊？”诸如此类，无论是在老井边洗衣，还是在巷子里歇凉，涛老倌不跟妇女们聊上十句八句怕是罢不了嘴。涛老倌也喜欢骂巷子，要是有人偷了他的鸡鸭，或者偷了他园子里的菜，他一连要骂几天几夜，村里的每条巷子都要骂遍，什么难听的脏话，都能在他嘴里脱口而出，有章有法。不知从什么时候起，很多妇女都称呼涛老倌为涛节嫂嫂，而涛老倌也顺口应承，自在坦然。

涛节嫂嫂与人和善，主妇们偶尔缺油少盐，或者要借点小东西，涛节嫂嫂都会满口答应。尤其是突然来了客人的日子，能借几个鸡蛋来做一碗“辣椒炒蛋”在村里已是佳肴了。因此，这样的对话便是十分寻常——“涛节嫂嫂，鸡婆生子（生蛋）了没？”“生了，你先拿起去，不急还啊！”或者又是，“啊呀呢，不凑巧啊，刚刚抠了鸡屁股，怕还要两日才生子哦！”

涛老倌孤单一生，已经去世多年。但村里一句挖苦人的话，让他常活在村人的嘴边：“你这个人，怎么像涛老倌一样啊？”

希　贤

不干不净，吃了没病。这句话用在希贤身上，我以为是再恰当不过。池塘里浮了一条鼓着大肚子的死鱼，希贤知道了，会喜滋滋下水捡了上来；江湾里泡着一头爬满苍蝇的死猪，有人告诉希贤了，他会立马笑嘻嘻提一把菜刀赶了去，在江边宰割半天；要是谁家的一群鸡发瘟死了，而希贤恰好经过，主人家准会顺口说："希贤，拿一只去吃。""要得啊！"希贤顿时乐呵呵地笑成幸福的花。

希贤老婆死得早，希贤带着女儿华英相依为命。早先，他们父女住在土墙房里，土墙房倒了后，生产队看他们可怜，安排他们住在一间土砖烤烟房里。再后来，土砖房也在大雨里塌了半边，村里看他们遭罪，就让他们搬进了村旁青砖黑瓦的黄氏宗祠。从此，希贤掌管着祠堂的大门钥匙，俨然成了祠堂的主人。几十年来，村里人家每有白喜事，必定在祠堂里大摆酒席，这就自然一定会与希贤联系起来。

当老人还躺在床上没有咽下最后一口气，希贤已经表情肃穆地来看望了，老到地说："可能过不了今天，要准备了。"从这时开始，希贤的一日三餐就归这户人家管了。他也开始履行他的职权：打开祠堂的各条大门，把祠堂大厅和厨房打扫干净，帮着摆好几十桌八仙桌子和长凳；每餐开饭前，他会及时提一面大铜锣“镗、镗、镗”一面敲打，一面扯着大嗓门喊道：“上席了啊！”兴奋地走遍村里的每个角落；而厨房里也必定预留他一个端菜的职位，因为当一场白喜事办完，主家不但要备办一份好菜谢厨，而且那些剩下的饭菜，也是希贤所热爱的。

平常的日子，村里还安排希贤管理村前的两条水圳，保证夏秋两季稻田灌溉之需。因此，每日里，总能看到希贤肩上背一把长柄板锄，沿着两条水圳岸边来回走动，哪里堤岸漏水了，他要挖来泥巴堵上，谁家的稻田灌满水了，他要把水口子断开。那些岁月里，两条水圳总是满满地流淌着碧绿的清水。当稻谷收上岸晾晒干了，希贤便会笑眯眯地提着谷箩挨家挨户按田亩面积称收斤两不等的谷子，那也是希贤米瓮里最为殷实的日子。

华英在十几岁的时候就被连拐带骗嫁人了，有人说是去了河北吃苞谷、一年难洗两次澡的地方，希贤便一个人住在空荡的祠堂里。那段时节，希贤似乎更为悠闲了，要是吃饭的时候刚从哪家门口过，他会主动打声招呼：“吃饭了啊！”“吃饭了。”主人家客套地答应着说：“进来喝杯酒哎。”“要得，喝就喝一杯。”希贤便立即满面堆笑登堂入席。以至后来，好多人家看到他打招呼，也故意当作没听到，或者哼哼几声，希贤就识相地讪笑着走开了去。

有好些年，油茶山上滥伐得厉害，村里决定由希贤来守山，抓到上山捡柴砍树的人，就由他来罚款。这权力有些吓人，而希贤就更不愁没处吃喝了。被他抓住了，他会说：“今晚上到你屋里去。”希贤说到做到，当晚饭快要登场的时候，他如约而至。如果招待他的酒饭好一点，他罚款的数额可能就少一些，甚至是警告一番就算了，然后醉醺醺地回到祠堂里去睡大觉。

突然有一天，一条新闻在村里传开了：希贤守山竟然讨了一个老婆回来了！是村前山那边的人，是个年纪不大的瞎婆子，老公刚死了，留下四个几岁大的孩子。于是，原本冷清的祠堂里又恢复了热闹的人气。这么大家子人要养活，已经够希贤受了，几年后，希贤老来得子，取名华山。

我参加工作的时候，华山大约已到了上学的年龄，而希贤除了脸上依然逢人堆笑，已是齿落发疏，衣衫背驼。不几年，一辈子似乎不曾让人看见有过病痛的希贤死在了祠堂里。瞎婆子随她前夫的儿女回到了原先的村子，孤零零的华山随村里人去了广东打工。

从那时起，我再没见过华山。听村里人说，华山也极少回村。其实，村子对他来说，还有多大的意义？除了山上有他父亲希贤的坟墓，他的家又在哪里？

常节眯眼

村里八九个生产队，村大人多，差不多家家户户养猪，不说多了，一家一年养一头两头的，那是十分寻常的事。这样算来，上百户人家的大村，一年出栏的肥猪数量也很可观。除了完成国家收购任务，余下的在过节过年的时候，由各生产队按计划宰杀分肉。猪一多，自然屠户也多。国杏驼子、丁茂高子脚、常节眯眼，等等等等，一口气可以像串泥鳅一样，报出一串长长的名单来，他们都是村里杀猪的屠户。不过，随着大集体解散，分田到户，有的屠户已经改换门庭洗手不干了，有的年老体衰，有的相继去世，有的只是在生产之余偶尔被人请去杀个猪，一直不曾间断以屠谋生的，当属常节眯眼。

常节眯眼和我家是同一个生产队，从我小时候起，二三十年中，我家养的肥猪有不少都是他杀的。常节眯眼的正名叫国常，村里的习俗，喜欢在男人名字里的一个字后面加一个“节”字，用来做平时的称呼，而正名倒常被忘记，譬如三节、俊节、和节，因此国常在村人的口中就叫常节。常节长得不高不矮，不胖不瘦，只是一双眼缝出奇地狭窄，一笑起来，满脸笑纹绷紧上弯，两只本来就小的眼珠子登时被一线细缝给缝起来不见了，而他又爱笑，也爱说些荤腥的笑话取笑大人和孩子，笑口常开，好事者便又在他名字后面加了两个字，叫作常节眯眼。

常节眯眼杀起猪来，手法倒是娴熟得很。杀猪的日子，一般都是选在大清早，全家人早早地全部起床了，把平素嵌在厅屋角落土灶台上专门用来煮潲的大铁锅洗刷干净，倒满清水，烧起熊熊柴火。“水烧滚了吗？”这个时候，突然听到这么一大声，准是常节眯眼睡眼惺忪，提着他那一篓子专用法器噹噹啷啷地来了：两把大砍刀、一把长尖刀、两副铁钩子、两个铁刮子、一块磨刀石、一把长秤、一把盘子秤，还有他那块黑得油光发亮的围裙。专门请来捉猪尾巴的邻居帮手也来了。吃过一壶热茶，谈了一阵有关这头肥猪的闲天，大家兴头来了，说说笑笑，带着接猪血的木碗盆、烫猪毛的大木脚盆、结实的长凳和杀猪刀，朝猪栏来了。父亲拆了猪栏门上的砖头和栏板，把潲盆移往一边，和捉猪尾巴的人一同走进猪栏赶猪。常节眯眼已在猪栏门口择了一处开阔地，安放好了长凳和木盆，杀猪刀搁在接血盆里，朝两手巴掌上噗噗吐了两坨口水一搓，等在猪栏门口。肥猪大概见势不妙，哼哼唧唧不肯出栏，在棍棒的驱使下，无奈地跨过了门槛。就在此时，只听一声尖利的嚎叫，猪尾巴已被突然抓住，常节眯眼一双无影手随即也稳稳抓住两只猪耳，两人猛力爆发，把一头大肥猪提起离了地。在四蹄蹬踹中，大肥猪被连拖带拽紧紧按在长凳上。转瞬间，常节眯眼变换身法，半蹲马步，左手从下往上掐着猪嘴，左肘抵住猪脖，右手从面前的木盆里捞起杀猪刀，顺势往猪嘴下的脖子中央插了进去，一用力，拳头连刀一同没入刀口，再猛一回手抽刀落地，一股血流跟着喷射而出，哗哗落入木盆。此刻猪嘴仍然被常节眯眼一双大手死死掐着，猪的号叫声越来越弱，渐渐四腿绷直，血干气尽。反手一甩，大肥猪重重甩在地上，猪身晃荡，满地血污。接下来烫毛刮毛，上架开膛，翻肠破肚，剖边下架，斩块过秤，常节眯眼手脚利索，一气呵成。

那个时候，村里人家一般都是请常节眯眼杀家猪。所谓杀家猪，就是只雇请常节眯眼杀猪卖肉，付他一天工钱，管他三餐酒饭，至于赶圩挑肉，交费纳税，余少剩多，价钱贵贱，都是主家的事情。后来，商品经济在乡村日渐活跃，肯杀家猪的屠户已经极少，要么就是工钱特别贵，要么就总是推三推四。于是另外两种新的屠宰方式逐渐在村里流行，一是过白，一是估坨子。所谓过白，就是屠户免费给主家杀猪，主家除按事先讲定的适当留一点猪杂猪肉猪血外，其他的全部按双方约定的价钱一次性过秤给屠户，待晚上卖肉回来，再一次性付清肉钱给主家。主家客气的话，在屠户来送钱时还会招待一餐晚饭。估坨子则是双方同到猪栏看猪，凭眼力估重量，谈妥价钱后，屠户直接把猪赶走，杀不杀，什么时候杀，全与主家无关，主家辛辛苦苦养了一头猪下来，连一根猪毛都不留，连一口猪血都吃不到。在我读高中读中专的那几年，我家的猪多是以估坨子的方式卖给常节眯眼，以图多拿几个现钱。

村子地处三县交界之处，周边有两个圩场，往东十多里是黄泥圩，往南十多里是东城圩，两个圩场开圩的日子不一样，或是逢二、五、八，或是逢三、六、九。有好些年，常节眯眼一年四季有杀不完的猪，赶不完的圩，大清早挑一担肉走黄泥巴山路往圩场上赶，天黑了挑两个空谷箩筐回村，生意做得红红火火，脸上油水溜光，家里建了两层砖混结构的小楼房，给儿子娶了新媳妇，一双笑眯眯的小眯眼难得看到好好空下来睁开过。

可能是后来圩场上的屠户也多，竞争也激烈，或者是猪肉不好卖，或者是十里八乡的村民生活水平提高，各种各样吃的肉食丰富了，或者是其他我所不得而知的原因，不知什么时候起，就看到常节眯眼挑着两个谷箩筐走村串巷吆喝卖肉。有的时候，六七月的三伏天气，太阳落岭了，那箩筐里的几块肉已经有了味道了，他还在村前吆喝跟人讨价还价。“这几块臭肉你还是自己吃去吧。”有村人这样打哈哈奚落他。常节眯眼不恼不怒，笑眯眯地把眼睛缝成一线细缝，挑起箩筐回说：“丢是不得丢。”

慢慢地，常节眯眼的卖肉摊就摆在了我们村前大塘边上的石板路上，也不过就是一张脏得发黑的笨重案桌，桌面上刀痕无数。偶尔的日子，常节眯眼便在村前案桌上摆上半边猪肉，案桌下的箩筐里也放着半边，用一块油腻腻的布子遮盖着，几只贼头贼脑的大狗小狗终日与他为敌，几个闲得发慌的老人说说笑笑同他做伴。村庄里除了老人妇女和孩子，年轻力壮的男女都到广东打工去了，已经显得十分空落。

村里养猪的人家也越来越少，以至于无。田园荒芜，野草茂盛，昔日争相采拾的猪草已无人问津。常节眯眼也老了，有一天，一双笑眯眯的眯眼一闭，死了。他的那一套用了一辈子的杀猪的法器，估计也已经被他的儿孙们当作废铁卖了吧。

我家的相册里保存着一张我自己拍摄的彩色照片，那是我父母晚年还健在的一年春节前夕拍的，我带着家眷从城里回农村老家过年。那天清早，天气晴好，父母养了一年的大肥猪出栏宰杀，用来过年。画面定格在我家瓦屋旁的禾场上，大肥猪被横按在长凳上，已经挨了刀子，血流直喷，蹲在地上木盆边接猪血的是我的村里亲戚孝健哥，捉着猪尾巴按着猪屁股的是我大姐夫，常节眯眼蹲着马步俯按猪前身，一双手用力掐着猪嘴巴，暖暖的阳光打在每个人的笑脸上。常节眯眼笑眯着眼缝俯看着猪头，看那架势，啧啧，就是一个好屠户。

申明大肚子

村里男人大多精精瘦瘦，这可能跟平时犁田扛耙挖土刨山挑炭背树这类力气活有关。申明是个例外，他也是两女两儿一老婆的一家六口之主，同样干着男人该干的活，却依然有一个肉嘟嘟的大肚子。当然，他的大肚子远没有如今一些领导干部便便大腹那么夸张，那是活像稻秧田的蝌蚪，肚子鼓胀得让人看着难受，担心它随时都要破裂，迸射出一堆肥肠来。申明的肚子显然远不是这个级别，只不过在村中男人普遍扁平的肚子当中，是个显眼的例外而已，因此终究得了个大肚子的名分。

申明大肚子爱唱山歌，这与他的身材脸相似乎十分不称。他五短身材，头大脸黑嘴唇厚，两撇小胡子黑黑亮亮。夏天的日子，他整日光着两个大脚板，穿一身黑布衣裤，上衣敞开，袒露着他黄铜色的大肚子，肩上搭一块白色短帕子，随时擦脸上和肚子上淌下的汗。他的大肚子里究竟包藏着多少山歌，无人说得清；他的歌从哪里学来的，从什么时候他就爱上整日里一路歌来一路歌去，也已不可考证了。

那时我还小，生产队出工干活的时候，我也不过是跟随我的父亲母亲去田边玩。村里男孩，上学前还穿开裆裤十分寻常，大约因为我还穿着开裆裤，就常有男人和妇女绷着脸唬我说“割了你的卵子”，吓得我赶紧把两腿夹紧。申明大肚子从不吓唬我，他总是一副乐呵呵的模样。干活的时候，譬如说在稻田里插秧或者抓田，累了，就有人直起腰来提议：“申明大肚子，唱首山歌来听听。”“要得啊！”申明大肚子站在田中央咧开大嘴唇一笑，答应一声，随即大声唱了起来，仰着头，唱得脖子上一条条粗筋暴突，田野里顿时充满了快乐。也有小媳妇或者爱打趣的男人听了不过瘾，说再来几首痞一点的听听。申明大肚子哈哈一笑，说：“那就唱个十摸吧，你们不要骂人啊。”接下来，田野里更是荡起一浪一浪粗野而愉快的笑声，劳作的辛苦也在歌声和笑声中消散得无影无踪。

申明大肚子的老婆与他长得恰好相反，又干又瘦，从脸到脚，几乎是印着一副骨架。申明大肚子唱歌调笑的时候，他的老婆往往白着两个眼珠子瞪他，嘴上还不时骂骂咧咧。申明大肚子似乎熟视无睹，不恼不怒，不理不睬，脸上挂满笑容，依然粗着脖子沉浸在尽情歌唱之中。

申明大肚子住在村前的一条小巷子里，我上学的时候，他的二女儿己彩是我的同学。我玩耍时，曾经多次从他家门口路过，往他家门里看时，黑咕隆咚的，有时也能听到他大声唱歌的声音从里面传出来。

村前的朝门口是全村人爱集聚的一个地方，长着几棵高大的柏树苦楝树，水圳从这里流过，地上空坪有不少石墩石条，附近的大人孩子常端着一碗饭来这里边歇凉边说笑边吃饭，申明大肚子也不例外，也爱端一个大碗到这里来吃。有时有人有意无意地说，申明大肚子唱个歌来听，哪怕他正鼓着腮帮大嚼饭菜，也会赶紧把碗往石墩子上一放，用力咽下一嘴的饭菜，就大声唱了起来，唱得饭沫子直喷，引得众人哈哈大笑。

申明大肚子是村里最快活的人，出工的时候，荷锄而去，一路歌去；收工的时候，荷锄而归，一路歌来。哪怕路上只是他一个人，或者只跟着一头牛一只狗几只鸡几只鸭，他也把山歌唱得嘹嘹亮亮，快快活活。

申明大肚子是什么时候去世的，不得而知，就像村前树上随时掉落的树叶，不会在村人的眼里心中引起太多注意。他的山歌也从来没有村人想要学的，更不会有人想到要记录流传下来，因此申明大肚子死后，他那一大肚子的山歌也跟着走了。

申明大肚子的粗犷山歌是这个古老村庄的最后绝响。

地　仙

黄氏宗祠高大的中厅门口两侧贴着白纸对联，宽阔的中厅里铺陈几十桌酒席，人声嘈杂，此时，催上席的铜锣声已经在村头巷尾打过一遍，外来的吊客和本村的乡亲正络绎而来，从厅外隔壁的厨房里，也已飘过来哗啦啦炒菜下锅的油烟和香气。

炮手站在天井边用力吸了几口香烟，左手举着三眼钢炮管的木柄斜向天空，右手从嘴上拔下香烟点燃了炮管上露出的引线。砰，砰，砰，三声巨响，人声顿时安静了许多。喇叭声起，二胡如诉。片刻，乐止。礼客主司仪从天井边缘正中央的一席下首站了起来，双手抱拳朝众席一鞠，代表孝家简短致辞，说些今日是某某老大人荣归之期，孝家经济有限酒席淡薄，有礼数不周的地方还要请求原谅之类的套话，随即开始安排上宾和主亲的席位，众引客司仪已站列一旁等候示下。

“请——白鹤仙师——”随着主司仪唱歌般长长的一声，一位面善慈祥的老人在众人瞩目下，被引客司仪率先迎到中厅上首正中央一席的上席位。老人入席，站身抱拳，面主司仪答礼，也说些诸如今日黄道吉日，老大人荣归地府，定能保佑子孙发达、万代兴隆之类的致辞，之后方才坐定。这位老人，就是本村的老地仙德阳，方圆十里有名。几十年来，村里人家的白喜事都是请他做地仙，这个上席位置，他已经坐了几十年。

德阳老人是德字辈，按村里的辈分，他是算小字辈的。但他老人家德高望重，年龄也大，对他的称呼，如果认真起来，倒是个为难的事情，按辈分直呼他的名字肯定不合适，叫他一声爷，辈分又不妥。因此，村里人平日里称呼他，就含含糊糊叫德阳满满，或者叫德阳满，满满就是叔叔的意思。我的母亲是这么叫他，我还是这么叫他，村人大多也这么叫他。

在村里，德阳满应该是最有学问的人，说是读过旧学的，家里藏有古书，毛笔字也写得好，还会做对子，还会写神位牌，还会占卜吉凶，还会取寄名，还会选日子，当然更会看地看风水。村里的每户人家都会与他有着千丝万缕的联系，每个去求他的人，他都会笑容满面地答应。因此，村人的神台，老井边的柏树，雷打石的悬崖，年复一年，都贴有他老人家用红纸写的毛笔字，诸如黄氏门中历代考妣宗亲之神位、今将男寄于老井爷爷柏树爷爷石头爷爷门下别取花名某某、相生相旺易养易成之类。

很小的时候，就听我母亲说，德阳满家里特别干净，不但地上一尘不染，家什也光光亮亮，他老婆每天连灶台都要用抹布擦洗几遍，甚至木楼梯上有灰尘也要用刷子刷干净。我母亲用略带些惋惜又警醒的意味说，一个家里太干净了其实并不好，把什么东西都擦得干干净净，最后连后人也会擦掉，德阳满没有儿子，就是家里太干净了。不过，关于德阳满没有儿子的事，村人嘴里也有另外的说法。说是看地看风水的人，能预知祸福，既能让人家运兴旺，也能让人家道败落，全凭心地善恶，因此常会损及自己的子孙后代，越是好手，越是无后。有人甚至绘形绘声地说，地仙收徒的时候，会猛然问一句，你看看后面来了人没有？那人若是反过身看到后面来了人，说有人，就不会收他了。若是说后面没人，才会收下做徒，而这人以后不论是否娶妻，也不会有儿子传宗接代了。这样的话，无疑让人听后很是害怕，可能正是因为这个缘故，村里似乎没有人做德阳满的徒弟。

但据说德阳满有很多徒弟，有二三十个，都是远地外村人。也经常有外村人来请德阳满去看地，一去就是好几天。德阳满回村后，在村前的朝门口便会聚拢很多人来，听他讲外面的故事，说某某村客情实在好，对他如何如何尊敬，酒席也很体面，上的是墨鱼席，都是整鸡整鱼大肘子，全部是好菜，不带一点小菜，孝家也很尽孝道，做了几天道场，请和尚念了经，还倒了血盆。然后又讲到他选的阴地是什么龙形，龙脉好，今后后人还要出角色当大官大员，等等等等。村人听后，莫不连连惊叹。

德阳满是如此的神秘，尽管他面目言语和善，但在我童年时代，对他是敬而远之。他家住的地方，我也极少涉足，偶尔从他家门口经过，也是顿时一阵飞跑，心怀忐忑。我真正走进他的家门，是在上高中时的一个暑假夏日。那天我在家里厅屋练写毛笔字，德阳满恰好路过，便笑眯眯进来看，一面点头赞许，一面说，字无百日功，只要每天坚持写，一百天工夫就能写好。然后又说练字要先从楷书练起，他家里有一本黄自元的字帖，我可以拿来照着练习。那天我跟着他来到了他家里，他找出了字帖给我，又跟我聊了很久的闲天。在他家里，我看到了他订阅的报纸和杂志，他说每年都要订阅，能够学到很多新知识。在我们这个偏远的村子，竟然还有人自己订阅报刊，而且还是年迈的他，这让我很是惊讶。德阳满翻开一本《农村百事通》杂志，那里面有他的名字，被评为热心读者，为此他显得非常开心。

有一天，我从一本书上看到一则关于旧电池利用的小文章，我觉得对村人很有帮助，就从小商店里买了一张红纸来，用毛笔字抄写了，张贴在村前朝门口的墙壁上。事后，德阳满特意来到我家里，表扬我做了一件好事，而且毛笔字也有了进步。

高中毕业后，我离家乡更远了，后来在外面参加了工作，见到德阳满的机会就少了很多。我女儿出生后，有段时间总爱哭闹，我母亲找算命先生给她算了个八字，说要寄名。我带着女儿回到村里，照习俗找到德阳满，取了花名柏嘉，写了一张小红纸，贴在老井边的柏树干上。这个时候，德阳满已经是齿缺口瘪，但依然精神矍铄，笑脸和善。

多年之后，我母亲去世，请德阳满做地仙，其时他已是八十多岁的高龄。又四年后，我父亲去世，我再欲去请他做地仙时，村里礼客司仪们说，现在村里白喜事已经不请他了，原因是年龄太大，怕有个闪失。村里有了新的地仙，是如喜。如喜我是清楚的，他是聋人爷爷的独子，我小的时候，他已是一表人才的青年，又擅长扎纸花，不知何故，就是一直没有娶妻，但从未听说他学过做地仙的事情。不过，既然村人已经认定他能做地仙，也只能尊重村俗。于是，在宗祠中厅里，当礼客主司仪再度开腔："请——白鹤仙师——"被迎上最尊贵席位的，已是年逾半百的如喜地仙。

几年后，德阳满去世，享上寿九十余岁，为他择地的是如喜地仙。

第二辑　乡情

断　桥

这不是杭州西湖的断桥，我的家乡八公分村没有那样的旖旎风光，更没有那么大的名声，甚至可以说，出了村子方圆四五里地，能知道我们村子名字的人就很少了。

小时候，村子是清一色的青砖瓦房，呈一字型横卧在西面的山下，山上是常年茂密的森林。在村前，隔着田野是一条江，尽管现在看来，这江显得有些狭窄，而在那时我的眼里，清波荡漾，却是无比宽广。江水自南向北，呈半圆形围绕着村子，因此，在村子的南北两端，数百年前就建有两座石桥，其中，北面的那座为石拱桥，南面的那座是用六根巨型条石架成的三跨平桥。每天，村民都要通过这两座桥出行和劳作。

有一天，江对岸油市塘那片焦梨林里有了新变化，一栋大房子从那里建了起来，是吃国家粮的人在那里卖东西的供销社。那里以后也成了我们经常光顾的地方，站在高高的柜台外，看里面红红绿绿的糖果、布匹、小人书，有时甚至能跟着母亲来这里买很好吃的咸鱼头和刨木卷状的干豆皮。

供销社的建成，似乎让村民觉得往返南北两座石桥来购物越来越不便利，在夏秋之间，常有人为图便捷，直接涉水过江。终于在某年某日，村子正前方的江道里，有大人在打高高的松木桩，之后一座三跨的简易木桥建成了。这实在是村里的一件大事，因为在我幼小的记忆里，村里似乎不曾有过更大的工程。

依稀记得最初过木桥的情景，桥面共有三跨，每跨宽度基本一致，由四根去皮后的原杉木用扣钉钉成桥板。走在桥上，桥板晃荡有声，往下看时，生怕掉进水里。母亲常告诫我，吃蛋时不能吃蛋黄，否则过桥就害怕。为此，曾有不少岁月，我对蛋黄恐惧有加。

日子久了，过木桥也就不再害怕了。每次去村前的山上捡柴，甚至在月夜里去江对面的地里偷凉薯吃，我们都是从木桥上“飞”来“飞”去。那时的春夏之间，每年江里都暴涨山洪，木桥板常被冲走。尽管木桥最终总会修复，但每次山洪过后的好长一段时间，这桥常常只剩下一跨或者两跨桥板，成了断桥。

这也成了最能判别谁是懦夫谁是勇士的最佳场所。有时我们一帮伙伴从山上捡柴回来，胆子大的先把柴火从断桥处丢往对岸，然后一个箭步，从空中划一条弧线跳下去，之后站起来，伸出小指，回头嘲笑那些胆小的家伙。在一个晴朗的上午，当我豪迈地从断桥处飞向对岸，落地时只听“咔嚓”一声，左小腿干的骨头顿时成了两截，我哭喊着站不起来，后来是我的母亲把我背回了家。

断桥与我是如此深刻相连，以至在多年后高考填报志愿时，我突然想起，我何不学建筑类专业，给家乡架一座桥。让我没料到的是，不久之后，在填报的众多院校中，我还真被专门的建筑类学校录取了。

有一年寒假，我放学回村，村里正在供销社后面新建学校。见我回来，村里的几个干部和长老特邀我去看看学校的建筑质量，并嘱托我为学校设计一个校门。尽管我的专业知识还很缺乏，但我还是欣然接受了这项光荣的任务，因为我确实想为村里做点事。尽管多年过去，学校里又改建和新建了教学楼，但每次回村，看到我设计的以“八”字为创意、以太阳和蓝天为色调的校门，心里甚感温暖。从这个校门里，村里陆续走出了不少大学生和研究生。

几年前，武广高铁修建，线路恰好呈南北向贯穿整个村子。那时我正在报社做记者，村支书仁录电话把我叫到村里，选择新村搬迁地点。我们一帮人走了好几处地方，最终按照我的意见，把新村地址定在学校旁的虎形山，这里背靠大山，地势高爽，交通便利，视野开阔。这个选址方案上报后，很快得到了各级部门的批准，并出台了详细规划。

如今，新村已经建成，连接新村与旧村之间的那座断桥也修建成了宽阔的水泥桥。每当站在桥上，看看桥下清清流水，看看熟悉的田野和村落，我的心里总有一种深情缓缓升起。

水精鬼和王桶大的蛇

水精鬼

一头漆黑的头发从头顶披下来掩盖住了后背和屁股，当听到人声时，树下坐着的这团黑影倏然蹦进了面前宽阔平静的江水里不见了，只在树下的干泥土上留下一块湿漉漉的水印子。这就是母亲多次说给我听的水精鬼，据说是水里淹死的人变成的，然后它又躲在水中专门寻找在水边割草或水中游泳的大人和孩子，冷不防把人拖入水里淹死。

我的父亲也向我讲过他的一回亲历：那天他在一个水库边杀鱼草，水库里清水淼淼，突然他看到岸边不远处漂浮一条大草鱼，随波一荡一荡朝岸边靠过来。他一高兴，就下水了，拿着竹扁担探着身子去扒那草鱼，可草鱼却朝水深处荡回去。待他停下，那草鱼又朝他荡过来了。如此几番，那草鱼总距离扁担一点点远。这时，我父亲向水库四周一望，只有他一个人在这里，不由打了个寒战，迅速爬到了岸上。再回头看时，那大草鱼已无踪影了。父亲肯定地说，这大草鱼就是水精鬼变化的，想把他引到深水里去下手。父亲因此也告诫我，凡是一个人在水边看到有死了的大鱼，千万别贸然去捡，说不定就是水精鬼变的。

每年端午节吃了用梧桐叶蒸的麦子黑馒头后，我们就可以到村前的江里洗澡了。江水清澈而平缓，在经过岸边的老水井后，突然向内一个大拐弯，沉沉地向着下游一处叫“水精鬼巷”的江谷流去了。拐弯区突兀一面石壁，我们叫这个地方为“大弯里”，这里水深而宽，下江洗澡的人气最旺。我们常赤条条一个箭步从石壁上跳入江里，憋着气在水中下沉一阵后再拼力蹬腿浮出水面。有时，我要深吸一口气，一个猛子扎下去，还能用手指触到光滑而结实的江泥呢。

有一天晚上，夜色已黑，我们从大弯里洗澡后，赶到下游的朽木下村看露天电影。正看得打敌人高兴时，同学贱华的父亲在人群中来回找他，很着急的样子。第二天，听说贱华找到了，他的衣服在大弯里的岸边，他的人在靠近水精鬼巷的江面浮着。听大人们说，贱华是在大弯里洗澡时被水精鬼拖着了腿。

从此我们便不敢去大弯里洗澡了，大弯里渐渐没有了人气。

王桶大的蛇

那时家家户户都还是用杉木板做的各式木桶：小的如水桶、潲桶、洗澡桶，桶身也就一个少年环抱的样子；中的就是墙角里解小手挑大淤的淤桶，成人也难以双手合围；而用来囤积谷物，足以容下几个孩子在里面伸胳膊踢腿打架的大木桶，估计算是桶中之王，要不然大人们怎么称之为王桶呢？

当山上的映山红盛开，小竹笋日益多起来，地石榴也结出了花生粒大的红果时，丛林里也会不时传来“嗯——嗯——”的叫声。父亲告诉我，那是一种大蛇在叫，千万不能学它的叫声，否则，它就会循声而来，若咬了人，几步之内就会死的。

关于这种大蛇，父亲曾反复跟我讲过一个故事：从前，一个男子从山中过，听到“嗯——嗯——”的叫声，他也学着叫唤了几声。当天晚上他投宿在一间铺子的楼上，半夜里，他被窗外的亮光刺开了眼，探头一看，一条水桶大的蛇在铺子门外摇晃着脑袋，那亮光就是蛇的眼睛发出的，而蛇的身子沿着石板路还望不到尾。

我不知道故事里的这个男子是否被咬死了，但这么大的蛇真是怪吓人的，因此我时常担心村里也会突然冒出水桶大的蛇来。这种担心还果真应验了，我的伙伴云华有一回告诉我，他爹爹四升就看见过一条大蛇，比水桶还大，是王桶大的蛇，而且这条蛇就在村后的山上。一天早上，他爹爹在山塘边喂鱼草，突然听见“哗哗”的声音，山上的树木在往两边倒，一条王桶大的蛇从山上游了下来，把头探到山塘里喝水，蛇的尾巴还在山顶那边没有过来，大蛇一吸，半池塘水都没了。“我爹讲，那蛇就住在山那边的石洞里。”云华满脸惊恐地说。

以后好多年，我一直不敢去村后山塘那黑森森的丛林边玩耍，更不敢去山那边看看那石洞的模样，因为我怕突然冒出那条王桶大的蛇。

祠堂在演戏

总是在不知不觉中又到了岁末，收割后的田野上，放眼望去是枯干惨白的禾蔸夹杂着刚刚冒出新绿的草籽秧，显得空旷而辽阔。在天气晴和的日子里，村北阔大的黄氏宗祠不时传出丝竹锣鼓之声，有大人孩子在祠堂的南侧门不断地背着长凳进进出出，不用说，又是有远道而来的戏班子在唱古装戏了。

祠堂坐西朝东，青砖黑瓦，是村里最高大的建筑，据看了族谱的老人说，祠堂有两百多年了。虽然马头墙粉壁上的人物花卉鱼龙有些剥落，但依然不乏庄严的气势。祠堂内共分三级台地，东低西高，拾级而上，上下各有一眼大天井，全由我小时候要和几个小伙伴才能围抱的高大木柱和精巧结实的梁拱撑起上中下三厅和上下厅两侧的厢房。中厅最大，南北墙上各书两个比大人还高的金边黑色大字，分别是那时我尚不认识的“礼”“义”“廉”“耻”，村里每有红白两喜，就在这里摆酒席。这里也是我们看戏的地方。

下厅东面主入口共有三个大门，中间的正大门最高。村里一直沿着古老的传统，正大门常年关闭，只有村里读书考学出了大官大员大角色时，才能打开一次。听我那时已经六十多岁的老父亲多次讲述，他这辈子只在十多岁时看见这个正大门开了一次，那是村里的黄璧从日本官费留学回来当了老蒋的大官后，带着四个勤务兵和两个老婆两个儿子回家葬父。因此几十年来，这个正大门一直从祠堂里面闩着。村里的木板戏台几十年来就紧挨着正大门的内侧搭建着，打开祠堂正大门也成了村里一辈一辈人教育激励后学上进的启蒙必修课。而我那时似乎对打开正大门这样的宏伟志向并不感兴趣，我更希望看到一年一度的古装戏在这里上演。

来村里演戏的戏班子一般都是家门，也都姓黄，因此安排好派饭的人家是必须精挑细选的，主家要客情好，做的饭菜要可口，家里的孩子还要家教好，莫上席乱夹蛮占好菜。这样，我的家里就曾有幸摊上了几年派饭。与其说我喜欢看演戏，不如说我更能因此沾光吃上几天好饭菜。

每次演戏的时候，我母亲必定走十几里山路把我外婆接来看戏，住上一段时间。尽管我外婆是母亲的后母，小时候对我母亲的打骂饿饭也是丝毫不留情的。但毕竟外婆是母亲的母亲，年纪也老了，母亲也不计较小时候的遭遇。记得有一次母亲陪着外婆坐在长凳上看戏，看着看着，母亲就泪如筛雨，外婆起身悄悄离开了。我问母亲怎么哭了？母亲告诉我，台上演的是《赶子牧羊》一出戏，是说一个小女孩的父亲在外为官，继母想害死小女孩，把她赶出家门去雪山放羊。这场戏的名字令人印象深刻，虽然我那时并不理解母亲的触景伤怀，也对戏台上的表演和唱词毫无记忆。听我母亲说，以后岁末演戏，我外婆就不太愿意来看了。

不过，台下很多男人抹眼妇女落泪的时候，往往也是我最高兴的时刻，因为这个时候，我看见台上有穿着戏服的大人或孩子朝我们跪着，在那里咿咿呀呀边唱边哭，台下的人就纷纷隔着天井远远地朝戏台上丢一分钱的硬币。很多时候，不少硬币没能丢上戏台，或者丢上去的也咕噜滚落了下来，我们这帮孩子就一窝蜂窜到戏台底下争抢着捡起装进裤兜里。有时大人看见说我，于是我就表现一下自己的大度，拿着那一分钱爬到戏台子上丢在那个跪唱的人面前。

有一年唱戏，我记得也是一个晴和的天气，演的是秦香莲带着一双儿女去找孩子的父亲陈世美，很多人站在天井里看，我也站在那里仰着头看，我一下子就喜欢上了台上那个穿黑色戏服头上扎着小花的漂亮小女孩，黑黑的长眉毛，黑黑的大眼睛，脸带忧愁，似含泪光。突然，我看见她朝台下投来一眼，好像看着我了，我一惊，心里猛然突突地跳，赶紧冲开人群跑到祠堂外面去了。

我曾暗地里很遗憾那一年我家里没有被安排给戏班子吃派饭。我不知道那个小女孩是哪里人，叫什么名字。好些年，我曾盼望着那个小女孩还能来村里演戏。可是，那个小女孩再没有来过。又过了几年，祠堂里再没有过戏班子来演戏了，一直到如今。

两条水圳

村子里有两条水圳，一条紧挨着村前老屋的墙脚而过，另一条与更远处的江流一同将村前的稻田分割成三大片，自南向北，分明一个大大的“川”字。

我最早对水圳的记忆是从村边的这条水圳开始的，因为我旧时居住的那幢上下两个大厅屋、中间一个大天井、里面住了五户人家的老宅子，大门口就紧挨着水圳。一年四季，水圳里总是缓缓流淌着透亮的清水，时常有小鱼在游动，有泥鳅突然冒出尖尖的头来，在水面吐一个气泡，尾巴一旋，又径直往水底钻进去了。

水圳岸边就是光滑的青石板路，因此也就成了浆洗的好地方。一日之中，常有三五妇人，翘着大屁股蹲在石板路边，一面叽叽呱呱地谈笑着，一面漫不经心地把木盆里的衣物按进水圳里浸湿，提到青石板上摊开，撒上一点干油茶饼渣子，用力搓搓，用木槌一下下敲打，再放进水圳里一番漂洗，就近晾在悬挂在圳边老墙的一根根竹篙子上。

在水圳里洗手洗脚洗猪草也是再寻常不过的事情，不过，我觉得有趣的还是爬在石板路上朝水圳里看水底下的天空，恍惚间，清水不见了，屋檐不见了，眼前仿佛一个透亮的万丈深渊，蓝蓝的深渊底下有白云在无声无息缓缓移动。每每这时，我生怕掉进这无底深渊，常吓得赶紧爬了起来，心有余悸。

从我家所居的老宅子门口沿着石板路往南走两三百步，到了村里的朝门，这里是一处开阔地，水圳的一旁是一个大池塘，池塘边长着高大的柳树柏树和苦楝树。这里也是村人平日里谈天说地最为集中的地方。白天里，村里的隆书驼子在这里卖打糖，明生吊鼻涕在这里卖油豆腐，隆业点子脚在这里理发——他最拿手的是两种发型：大人剃光头，小孩剪狗屎刮。也有外村的行商来这里卖鱼苗，或者补锅子，或者打爆米花，或者卖时鲜的果子。到了夜晚，听秋盛爷讲古，听老曾打渔鼓，听申明大肚子唱山歌，或者听老江湖孝文讲活见鬼的故事，成了村人不二的选择。尤其是有月色的夏夜，凉风吹拂，柳条婆娑，水圳里银光荡漾，村人几乎倾巢出动，搬来木凳竹椅，或坐或卧，在水圳边纳凉消暑，悠闲度夜。

村前的这条水圳似乎永远都是那么的舒缓而平和，一如那时村人的生活。而穿过稻田中央的另一条水圳明显生动了更多，用绿玉带来形容，一点都不为过。水圳从上游的大坝分流而来，两岸是碧绿的稻田，沿岸生长着木芙蓉和杨柳丛，间或还有梧桐树伸出阔大的叶子。水圳里，长满了丝草，一根根密密匝匝在水底飘摇，仿佛油光碧绿的锦缎。鱼虾在绿水里游动，一目了然。曾有一段时日，我常跟随母亲，拿一张小渔网，在这条水圳里捞一些小鱼小虾子补充生活。

我上中学的时候，家里借了一窑砖瓦在村子的南端建了半栋瓦房，依然临村前的水圳而居。这段水圳比村中央我家老宅子那段要浅许多，水因而更清亮和活泼了，潺潺地流淌着诗意，夜里潺潺地流进我的梦乡，早晨又潺潺地把我从梦中唤醒。

这诗意的水圳也曾带给了我美好的口福。有一年夏天的一个星期六中午，我从学校回家，刚放下书包来到水圳边洗手，突然，水圳里一阵巨大的水响，我一看，一条大鲤鱼正从上游朝我游来，我大喜过望，连鞋带裤跳进水圳，手忙脚乱硬是把这条大鱼抱上了岸，父母的脸上也笑开了花。

后来，我一天天远离了故乡，两条水圳也慢慢变化了模样。今年清明节，我带儿子回故乡给父母扫墓，特地带着他到村里走了走，村前的这条水圳已经堆满了泥土和垃圾，看来已废弃多年了。我们穿过满目荒芜的田野，来到了田野中央的水圳，水圳已被改造成水泥“U”型槽，活像一根枯死发白的鱼骨，干涸着，没有了丝毫的生气。

看来，这两条曾经充满了灵动与活力的水圳，也只能流淌在记忆的光阴里了。

锦　川

村前的江流没有名字，它像一条游走在田野上的大蛇，从上游的羊乌嘴村游来，然后又钻进了下游朽木下村，我的童年大致没有走出过这段游蛇的范围。事实上，村里人至今仍然都是泛泛地称之为“江”。我想，假如我能有资格给我记忆中已经远去的那条游蛇取一个名字的话，我愿意把“锦川”二字送给它。

那时我的锦川有着清秀而美丽的容颜。蜿蜒的两岸边树木繁茂，乌青的柏树，高耸的白杨，阔叶的梧桐，还有垂柳、苦楝和桃李，把一江满满的清水浸染成碧绿的锦缎。而岸边春天的桃红李白，夏天的蝉吟鸟语，秋天的芙蓉如霞，冬天的野菊金黄，也并不引起我特别的关注，年复一年的轮回，其实这都是再寻常不过的物事。

我对于锦川的热爱和记忆，更多的是在于春夏之间。

阳春三月，连绵的雨水过后，岸上丛生的小竹子又开始争先恐后长笋子了。我们似乎天生就有扯笋子的欲望，这并非全是为了吃着它下饭。每一处长竹子的地方，我们几乎每天都要去梳理一遍，掀开竹叶，仔细搜寻每一个笋子，哪怕刚刚冒出泥巴一两寸长的也不放过。在陡峭的地方，竹子长得浓密又粗壮，隐藏在里面的笋子又大又多，更成了我们攀爬和冒险的乐园。当笋子长成了婷婷的笋篙，密密地开满了小枝叶，我们常会折一枝笋篙，拔去小枝顶端的竹叶，采来野蔷薇或白或红的小花，从拔竹叶留下的小圆孔里插进花柄，不一会儿，一支开满缤纷花朵的笋篙花就在春风里摇曳了，伴随着我们快乐的笑声和追逐。

田野碧绿的禾苗已能隐藏水鸭时，大雨引发的山洪往往也如期来临了，原本安静平缓的锦川顷刻间咆哮了起来，碧绿的江水不见了，取而代之的是滚滚洪流。要是遇上发大水的年成，靠近锦川两岸的稻田全为洪水所淹没。当雨歇天晴，原本黄汤漫漫的洪水消退也快，家家户户提着桶子来到水田里将洪水淘干，把禾苗从淤积的泥沙里翻出来。我那时十分盼望这个时刻的到来，因为当我和家人即将把洪水淘干时，我已经看见有鱼和泥鳅在浅水里窜来窜去，这才是我最大的乐趣。我甚至年年都盼望着涨大洪水，一年之中多涨几次更好。

不久之后，桃子和李子也快要成熟了。锦川的上游和下游各有一座水坝，江水流经下游水坝时，一分为二，中间环绕着一块大的坪地，上面长满了高大的桃树和李树，村里把这个地方叫作桃子坪，这里理所当然成了我们又一个乐园。当桃子还是毛茸茸的青果时，我们在桃树上爬上爬下，抠下一团团软软的桃树油吃；当桃子慢慢长大变白发红，李子也圆润如卵时，村里还有哪个顽童会不来这里消受美味呢？

端午节一过，天也一天比一天热，太阳整日里从天光晒到天黑，天空蓝得十分亮眼，白云在村庄、田野和山峦的上空变幻着模样缓缓飘过，在清风的吹拂下，我们早就脱得只剩一条短裤衩。江水又恢复了平静和柔和，锦川的大湾里却顿时热闹了起来，父母们最担心的一个季节来了。尽管父母一再嘱咐我不准去锦川里游泳洗澡，甚至也有办法识破我的谎话，比如在我的胳膊上用手指甲轻轻抠一条印子，如果皮肤发白准是下水洗澡了，一顿打骂已是在劫难逃。但为了逃避打骂，我们也渐渐有了经验，从水里上来后，或者躺在草地上晒太阳，或者去山上捡柴，或者干脆到水田里去抓泥鳅，等身上的污渍差不多了，才回家吃饭。在整个酷夏，锦川的江水是我们最亲密的伙伴。

锦川的鱼特别多，尤其是在喧闹的浅滩，时常能够看到大大小小的鱼在浅滩里飞速地窜上窜下。有一种条子鱼，头大，浑身呈紫色，性子很急，看到它飞窜时，我们拿一根长木棍击水，或者拿一块石头击打过去，往往会立刻把它吓死吓晕浮上来。锦川的螃蟹也味道鲜美，在堤岸下的小洞里，在沙洲石头下，经常能抓住或大或小的螃蟹，用力折断它的两只大钳子，放进嘴里一节一节嚼碎咽下，然后再慢慢享用它的八只小足和壳里的肉，生吞活剥，其乐无穷。

最令人振奋的是捉鱼，当有人晚上在上游下了药水，第二天一早，满村子的人都知道了。锦川两岸到处是拿着长长短短渔网或赤手空拳的大人和孩子在来来回回地奔跑呼喊，江水里大大小小的鱼或死或晕，或浮或游，人们争相跳入江水或捉或捞，真是一个举村欢腾的日子。在这样的日子里，我全然没有了饥饿的感觉，除了兴奋还是兴奋。

当劫后余生的鱼虾又恢复了活力，当满村飘荡着鱼肉的香气，当明月爬上了高高的东山，锦川在夜色里泛着银波，伴着清风，伴着蛙鸣，伴着斑驳的树影，不息地缓缓地流淌，流淌……

古树森森

“喜鹊尾巴长又长，白日洗澡夜晚歇凉。”这是我们童年时经常挂在嘴边的一个谜语，谜底是竹筒水勺。那时候的村庄，山明水秀，不但每天都能看到成群的麻雀像黑压压的乌云在村前的田野上忽起忽落，而且早出晚归的喜鹊群也“嘎嘎嘎”地响彻村子的每个角落。这之中，有一支喜鹊群常年栖居在村北宗祠后面那棵最高大的老枫树上。

老枫树有多大年岁谁也说不清楚，我们那时候要五六个孩子伸开手臂勾连着，才能勉强环抱老枫树根部黑黝黝的躯干。对于老枫树，我们只能仰望，它那虬龙一样的层层叠叠的枝干向四面八方伸展，覆盖着周围一幢幢青砖黑瓦的老屋，以及坪地和水圳。在高耸的树冠顶端，有几根巨大的枯枝，一个看起来比谷箩筐还大的喜鹊窝，俯视着大地和村子。几乎每天早上，我都是听着喜鹊出巢的“嘎嘎”叫声从梦里醒来。到了深秋，老枫树成了一团火红的巨云，从树上时常会落下干枯的小枝丫和一个个黑黑的枫球，我们捡来用作煮饭煮菜的柴火。

这样的老枫树，村边老油榨坊还有一棵，只是比这棵要略为小一些。

油榨坊在村北锦川下游大坝与水圳交汇处，也是一溜青砖黑瓦的房子。在水圳流入油榨坊大水轱辘的地方，有四五棵也要两个成人才能围抱的巨柏，通往村外的一条石板路蜿蜒地穿过巨柏丛中。在盛夏，巨柏下成了过往行人歇脚的好地方；到了冬天，远远地就能听见风吹柏树发出的呼啸声。

在孩子的眼光看来，最招人喜欢的当然还是椆树坪，在宗祠老枫树的旁边。我的记忆里，椆树坪里的大椆树应该有七八棵之多，高大挺拔，常年苍翠，虽然看起来树径比老枫树要小，起码也需一两个成人才能合抱，我们常在椆树坪里做老鹰抓小鸡的游戏，或者躲在大椆树背后捉迷藏。在深秋椆子成熟的时候，椆树坪里成天都在从树上掉下椆子来，一颗颗像小手指像花生粒，我们每天都能把衣兜裤兜捡得满满的，带回家给父母加工做出椆子豆腐，或者直接放进柴火里烤熟，剥去硬壳，吃里面喷香的椆子仁。椆树坪里还有两棵高大的古树，叶如长卵，四季常青，村人称为娑罗树，当娑罗子成熟的时候，满树都是红色的娑罗子，状如圆豆。一阵大风刮过，红红的娑罗子从重重叠叠的树叶间纷纷撒落，给树下仰头以待的村童送上甜甜的美味。

至于村子后背山边那两棵古老的樟树，更有俯瞰一切的雄姿。古樟一立一卧，临近陡壁，立着的那棵更高更大更茂盛，其树干之巨三四个成人恐怕是抱不住的。而卧着的那棵，树径要小许多，且已半枯。在太阳西斜的时候，两颗古樟的树影要盖过村子和村口的月塘。那时候，大队的一个高音喇叭就安放在大古樟的树杈里，每天中午，《洪湖水，浪打浪》这类歌曲就会按时响起，震撼着村庄，穿透田野和小河，直到远方的山谷。

自从村前山边那条新修的黄泥巴公路通了车，偶尔能看到解放牌汽车和大型拖拉机从村前来叵经过，也渐渐改变了村民的生活和山村的容颜。春夏时节，村里各生产队常组织大批村民到很远的郴州去割茅草和嫩叶，用汽车装载着拉回村，作为稻田的春肥和秋肥。听村里人说，那些司机看到我们村里竟然有那么大那么多的椆子树，向村里的干部提出，希望能给他们一些椆木做木躺椅和砧板。村人投其所好，从此椆树坪遭了殃，几年工夫，椆树和娑罗树变成了一块块红红的实木板子和方料，散向村里村外，四面八方，椆树坪变成了一块空坪。

当古老的椆树和娑罗树被砍光，那几棵古柏也成了贪婪者眼中上好的木材。之后是两颗老枫树和屹立村后的大古樟，也陆续倒在了利斧巨锯之下。只有那棵横卧陡壁、悬空伸向村民老屋顶的半枯古樟，因身处险境和形貌缺陷，才侥幸躲过一劫，成为村里如今唯一被林业部门贴了标识保护的名木。

晒坪与茅房

村子四面环山，说来也怪，以锦川为界，村前的山是红土壤，村后的山是黄土壤。不过这两种土壤也说不上哪种更肥沃，长在山上的都是郁郁葱葱的油茶林、杉木林和枞树林。油茶树是村民主要的经济作物，家家户户都有两三片油茶林。每年霜降节一过，便是采摘油茶子的时候。摘下来的油茶子要肩担手提，从或远或近的山上搬运到村子附近的晒坪里晾晒。因此，油茶山与晒坪就像唇齿相依，相互不能缺少。

我家有三片油茶林，分布在远近不同的三个地方，其中最大的那片，就在村前对门山上。收成太好的年份，六七里路远的那片油茶林，我家因为人手少，基本就不去采摘了，其实去了也早被人或偷或捡采摘光了。我家的晒坪就在锦川边坡的一处高地上，距离对门山那片油茶林约莫一里路的样子，面积半亩许，方方正正，平平整整。平素的日子，父亲开垦了，作为旱土，种植红薯或者花生蔬菜。

晒坪上的景致在一个月内会发生很大的变化。油茶子一担担挑运到光裸空旷的晒坪上，集中倒在一堆，形成一个典型的绿色圆锥体。圆锥会越来越高越来越大，为防偷盗，天黑前，人们在圆锥上撒上石灰作为记号。当油茶子全部摘下山，村旁随处可见的圆锥被家家户户的大梳板梳满晒坪，犹如铺上了绿色的方毯。一天天日晒霜打，油茶子渐渐开裂了，露出黑亮的油茶籽来，晒坪也慢慢变幻着颜色。最终，原先油光发亮的绿色油茶壳干枯发红，黑亮的油茶籽铺满晒坪，家家户户搬来大竹子扫把、茶籽筛和大箩筐，把油茶籽和茶壳分开收拾挑回家中，晒坪又恢复了空荡和宁静。

每年年底，油榨坊开榨，整个村子和田野都飘荡着茶油的芳香。我每年挑着一担一担的油茶籽送往油榨坊时，都要经过我家的老茅房。

老茅房就在村北的石板路边，是土坯子砖砌成的，上面盖着青瓦和稻草，宽不过三尺，长不过五尺，仅容一人俯首而入，挂一床破草席以为门帘。我童年和少年的许多光阴，也曾在这里蹲走了。自从我家在村子南边建了半栋新瓦房，并在菜园子里建了一个新的茅房，老茅房就日渐破落。多年的失修和风吹雨打，使老茅房倒塌得稀里糊涂，成了野花野草生长的好地方。

2005年春上，村人扫墓时的一场山火，把我家对面山那片油茶林烧得干干净净。当年端午节后，我父亲也在时隔四年之后随我母亲而去了。故园萧瑟，那块晒坪也从此长年长满野草，荒芜岁月。

翌年，因为武广高铁线路从村子穿过，包括我家半栋瓦房在内的上百户人家都在搬迁之列。新村就建在距离我家晒坪数百米远的地方。一天，村主任仁录打电话给我，说新村要找一个地方安放新变压器，找来找去，村民都不愿意使用自己的土地，说我的那块晒坪挺合适，想征求我的意见，如果愿意的话，到时候适当补偿一些费用。我说，既然大家都不愿意，变压器总是要装的，就装在我家的晒坪上吧。

变压器安装好了，几根高压电杆树立在晒坪中央，嗡嗡的电流声响个不停，我家的晒坪也从此没有了。不过，尽管我后来也向仁录提出过补偿的事情，他答应了，但一直没兑现，我也就没有再催他。反正那块地荒着也是荒着，补偿的钱是否给我，由他去吧。如今一晃又过了六七年了，仁录也成了村支书。偶然回村，看到新村里一幢幢漂亮的新房子，乡亲都很开心满足，我也真为他们高兴。

前段时间，老村子这边说是修通村公路，也是仁录主持的，把村北宗祠边的青石板梯给扒了，而且我家的老茅房也被挖了一角。我听到后，当时心里就感到挺可惜的，不是为了我的老茅房，而是为了那些有着数百年历史的青石梯，这感触就如同我对家乡当年砍光一棵棵古木有着强烈的反感一样。我的在村里的亲属曾找仁录支书理论，说要补偿使用我家老茅房土地一些费用。据说仁录支书回答，孝纪都没来找，你找什么啊？

是的。我知道这事后，也没有找仁录支书。我家的晒坪，我家的老茅房，都是给了村里的公益事业。虽然我没有“千里家书只为墙，让他三尺又何妨”的胸襟，虽然我也可以向村里要求一定的补偿。但那点补偿于我又有多大的意义？没有那补偿，我又何尝不会快乐地生活？

对于故乡，我没有抱怨，我有的只是爱和眷念。

深浅脚印泥鳅多

爱捉泥鳅大概是每个山里男孩共同的嗜好，我更是有过之而无不及。如果说小时候我有什么特长，我想非捉泥鳅莫属了。我家那个破了壶嘴的瓦壶里，时常装有干泥鳅，平素的日子，或者来了客人，和着剁辣椒煎煎炒炒，是下饭下酒的好菜。

那时候的家乡，无论水田沟渠还是水圳江边，泥鳅鱼虾真多，一年四季都是捉泥鳅的好日子。只要不是天寒地冻，每天都能看到大人孩子赤脚卷着裤腿，腰挂鱼篓，或者端一个脸盆，提一个小木桶，在村前的田洞里走走停停，弯腰俯首，斛水翻泥，神情专注地捉鱼虾泥鳅。

春雨哗哗的时候，泥鳅也开始活跃起来。尤其是在锦川的两岸，碧草如茵，水田漠漠，从水田里漫过的清水沿着水口子哗哗地流入锦川，形成一道道或陡或缓的小水流。这时的小水流是泥鳅的最爱，它们纷纷从锦川里聚拢，拥挤着沿着哗哗作响的水流上溯，俗称响水泥鳅。当此时也，用田泥巴把水口子截断，迅速冲到小水流的下游与锦川的交汇处用小渔网或者鱼篓堵截，泥鳅惊吓回窜，往往斩获颇丰。即便赤手空拳，于兴奋慌乱之中也能抓获不少。之后，把水口子放开，等待下一个轮回。

早稻插秧之前，水田里的泥鳅要遭到一场屠戮，不过那也是我们尤其高兴的日子。每一丘水田都被密密麻麻甩进一块块油茶渣饼，黑压压的像铺满了高粱大糍粑一般。油茶渣饼慢慢融解，在暖阳下，水面上飘着五彩的油花。用不了多久，泥鳅小鱼就在水面上乱窜。此时，在田埂边每隔十几二十步盘上一个个半月形的泥巴堆子，露出水面，用手抹平。第二天一早，家家户户，大人孩子，提着鱼篓木桶，沿着村前纵横交错的田埂，在泥巴堆子上捡拾爬满的半死半活的泥鳅黄鳝，掀开泥巴堆子，里面更是一个个泥鳅黄鳝窝。捉个篓满桶满，其乐无比。

夏秋两季，水田里长满水稻，水田由绿变黄，再由黄变绿，两季水稻在双抢时候的酷暑下竞相交替。水稻是村人一年的命根子，这个时候的水田也是一年中最丰盈的季节，因此是不能空下来任人捉泥鳅的。但捉泥鳅是如此的诱人，即便偶尔糟蹋禾苗，招致追骂，又岂能禁锢住村野的顽童和少年？

在秧苗已经稳蔸，稻穗尚未勾头的这段时间，天气炎热，水田里的泥鳅纷纷钻出泥面，匍匐在一个个深深浅浅的脚印子里，上面一层薄薄的浅水。当人从田埂经过时，泥鳅哗哗地纷纷惊窜，逃进脚印子的软泥里，留下一团团浑浊的泥水。这个时候的泥鳅又多又好捉，把手沿着脚印子伸进软泥巴，手掌因泥鳅的窜触而酥痒，泥鳅越窜越深，软泥巴也越来越凉，到达前方脚趾印处时，因周边的泥巴较硬，此时泥鳅已不再动弹，成了掌中之物。有时一个脚印子里就能掏出好几条泥鳅，叫人高兴万分。

晚稻收割之后，田野一片空荡，秋阳高照，秋风和煦，是捉泥鳅上佳的时候。很多日子，我从早到晚，都是在田野里捉泥鳅度过。此时水田大多半干半湿，提着桶子每丘水田逐一扫过，好比工兵探雷。看到一个圆圆的泥鳅眼，小心把桶子一放，泥鳅眼里那团黑亮的清水突然往里一吞，那是泥鳅在逃跑了。赶紧伸出右手的食指，沿着泥鳅眼光滑的泥道一直往里探，末了，泥鳅的尖嘴触着食指尖，不再往里退缩。迅速伸出拇指，一把死死抠住泥鳅的鳃，一用力，两个指头把泥鳅从深泥里拖了出来，放入桶里。在水较深的地方，看到泥鳅眼时，先用泥巴环着泥鳅眼围一个大圈，把圈里的水用双手捞干，然后从四周围攻，双手一把一把将泥巴挖掉掀开，宛如地鼠打洞，此时的泥鳅，十有八九在劫难逃。

我每次下田捉泥鳅，所获良多，常引得我父母笑逐颜开，这也是我人生中开心的一页。以至很多年后，我从单位回村看望父母，遇上晴好的日子，也必定打着赤脚，高卷裤腿，提一个桶子，捉一番泥鳅，或者顺便带上我的女儿。

什么时候，我能再度回到故乡，捉捉响水泥鳅，或者摸摸深深浅浅的稻田脚印呢？

枞山里

父亲曾给我讲过一个故事：他年轻的时候，有一天中午从村外回来，路过枞山里，太阳在天顶上悬着，两旁的树木密密匝匝显得阴森可怖，突然，他看到前面不远处有一个穿花衣服的小女孩，正要叫唤一声，小女孩眨眼就冲进枞山里不见了。回到村里，他问是否哪家的小女孩走山里了？村里却并没有孩子走失。末了，父亲总结说，那小女孩一定是狐狸精变的，或者就是豆子鬼变的，枞山里一定还有好多妖魔鬼怪。

枞山里就在村北。小时候，村里青砖黑瓦的老屋尚未延伸到黄氏宗祠，过了宗祠再往北，就是椆树坪和桐树坪，之后，才到枞山里。椆树坪里长着七八棵参天古椆树，桐树坪长满一片阔大的油桐树，春天里光裸的枝丫挂满白花，是料峭春寒即将成为过去的征兆。枞山里密密匝匝长满了高大的枞树和各种阔叶的乔木和灌木，从外往里看，黑咕隆咚。枞山里是禁山，一年四季，郁郁苍翠，据说担保着一村的平安。

我在宗祠旁上小学时，椆树坪里的椆子树渐渐被砍伐光了，成了种植红薯的旱土。与桐树坪相连的那片枞山，也整日有村里各生产队的人在砍树开垦，成了一层层新开的黄土梯田，种植高粱和䅟子，枞山里只剩下最北端一片长宽各数百米的枞树林。

枞山里山边土里种的䅟子是我们的最爱，夏天的时候，䅟子密密麻麻长得十分可爱，浅绿透白的秆子上顶着一个小手掌似的穗子。䅟子的秆子扁扁的，一节连着一节，拔去节上细长的叶子，折断了往嘴里一嚼，甜甜的汁液顿时渗透口腔的每个角落，吐出秆渣，继续啃嚼甜脆的秆子，实在是美妙的享受。因此，到枞山里偷䅟子秆就成了盛夏村里每个孩子的必修课。

真正进入枞山里，我最早还是跟随母亲去搂枞毛。枞树高大，挺拔入云，枝叶交错，树树相连。枞树的叶状如长针，四季常青，即便酷日若烤，枞山里也格外凉爽，只从如盖的枞树冠射进零零碎碎的阳光，在地面上或者灌木间留下斑驳的光点。一阵阵清风刮过，枞树上纷纷飘下老叶，如针如线，悠悠扬扬，黄黄的铺满空地和灌木丛中，如绒如绵。我们把这种老叶叫枞毛，它是家家户户做饭煮菜或者烧大灶煮潲的好柴火。搂枞毛使用的是长柄搂箕，用楠竹的长尾巴制成，较粗的一端剖开成几片做成爪子，宛如一只屈着指节张开的大手掌。母亲双手握着搂箕俯身搂枞毛时，我就在旁边的灌木间采摘山果：红红的甑皮子，乌红的地石榴，黑黑的杨冬子，这些只有山里人才能认识的野果，无不是每个山里孩子童年的珍爱。

随着年龄增长，我对枞山里已经不再害怕，经常与村里的伙伴一起进入枞山里捡松果，它是一种自枞树的枝头落下的状如圆果的东西，干枯发黑，长满层层鳞片，也是一种日常的燃料。或者爬上高大的枞树，扳折干枯的枝条，捡回家作为柴火。有的时候，我们甚至会壮着胆子走到枞山里最深处，去看那些豆子鬼的坟头，里面埋着一个个或长或短或曾相识的夭折的童年。

枞山里的南边有一条水渠，一年四季从村后的山塘里流下清澈的山泉，水渠边生长着茂盛的粽叶，鸟鸣啾啁，山花烂漫。水渠曲折而下，汇入枞山里前面的水圳，再一路向北，穿过枞山里，流入豁然开朗的菜园和水田。

多年之后，土光在枞山里最北端靠水圳的一角砍出了一块宅基地，建了一幢大房子。那时，村里不少人都替他担心，说他胆子真大，独门独户住在那里也不怕鬼。土光带着一家人乐呵呵地住着，进进出出，怡然自得。

禁山再一次开禁，就不再是禁山了。原先青砖黑瓦的村庄犹如一个怪兽，突然间开始在南北两端疯狂伸展它的两翼，一幢幢红砖瓦房或平房，像地面上冒出的连片疙包，此起彼落不断生长。渐渐地，椆树坪不见了，桐树坪不见了。最终，枞山里也不见了。

当村庄不再有枞山里庇护，村庄还会永久安宁吗？

命系沟渠

当一棵棵曾引以为豪的古樟树、古椆树、古枫树和古柏树相继倒在村人的利斧巨锯之下，当桐树坪的油桐林和枞山里的枞树林相继剃成光头，村里新建的房屋开始无节制地膨胀着，千百年流传下来的大片水田、旱土、菜园和山林转瞬间就消失殆尽。人们贪婪的目光又投向了村后的后龙山，那片郁郁苍苍的最后的禁山。有一年，村人突然像发了疯，家家户户老老少少，人人拿着柴刀斧子，争相冲进后龙山砍伐树木背回各自家里。一番扫荡，后龙山像遭遇了化疗的癌症病人，千疮百孔的头皮上已经没有几根毛发。

过了不久，村里家家户户得到一条指令，到后龙山山腰处挖渠道，每家都分了一段土方任务。那段时间，后龙山上人声鼎沸，从南侧的山窝绕半圈一直延续到北侧的山塘，每个人都在挥汗如雨地拼命挖掘，沿线的灌木和乔木被连根挖掉，挖出的黄泥土方也是就近倾倒在渠道边，无数的树木又被活活埋掉。经过数月的人工挖掘，渠道挖得又宽又深，远远望去，后龙山像一个病恹恹的大肚子孕妇缠了一条黄色的大裤带。

这个时候，村里的年轻人也开放了起来，十几二十岁的男男女女，几番追追逐逐，笑笑闹闹，就睡到一起去了，成了生儿育女的两口子。村里的辈分突然间乱了套，有娶了奶奶辈的，有嫁给叔叔辈的，千年墨守的规矩“养女嫁外村”成了令年轻人耻笑的老封建，取代的是“肥水不流外人田”的响亮口号。就这样，建和、周和、庠金、永红等许多男青年，年龄或大或小就娶了村里的同伴，社禾等许多女子，也嫁给了本村的相好。

村里有人隐约感觉到村运的改变，似乎是从一场大雨开始的。那场春雨下得特别大，特别久，山洪从后龙山的渠道缺口滚滚而下，夹带黄土，冲进村里，整个村庄淹泡在漫漫黄汤之中，这是村人遇到的前所未有的事情。村人开始质疑这条渠道的正确性和必要性，事实上，渠道建成之日，也是废弃之时，从来就没有起到任何作用。

村风也变得烦躁不安，家族间的械斗时有发生。起因多是同村相嫁娶的小两口发生小口角所致，双方家庭介入后矛盾升级，大打出手，之后更是把各自家庭的宗亲牵扯进来，整个村子斗得鸡飞狗跳，人心惶惶，甚至刀棍相见，最后以头破血流、反目成仇收场。

建和是一个开朗的人，吹得一手好笛子。谁也不曾料到，他有一天竟然一个人躲在楼上喝农药死了，留下一双年幼的儿女。这是村里破天荒的头一遭，曾引起不小震动，愤怒在家族间蔓延，一场械斗在所难免。

之后，村子就像着了魔，喝农药而死的年轻人接二连三。平素笑容满面，阳光健朗的年轻父亲周和；身材健硕，勤劳肯干的青年母亲社禾；为人和善，口齿伶俐的三个孩子的母亲干婆；爱笑爱漂亮，在村里第一个穿裙子的丰满少女清华；甚至刚刚出嫁不久的心香，都是一瓶农药，相继命赴黄泉。

病痛和灾难也没有放过年轻人。庠金和永红据说患了不治之症，死的时候，才三十岁上下，留下年轻的媳妇和年幼的儿女。三运，一个开朗又有礼貌的未婚小伙子，死于砖泥塌方。柏树，一个家中的独苗，老实的高中生，晚上在田间捉青蛙时触电而亡，留下悲痛欲绝的双亲。

恐惧在村里蔓延，有人说年岁凶，有人说可能是冒犯了神灵，有人说是村运不好。各种各样的说法，在村民间流传开来。夜晚村民早早地关门不出，生怕鬼魂惹身，厄运临头。最后，有一种说法在村民中间取得一致认可：村里之所以不断有年轻人凶死，是后龙山修渠道挖断了村里的龙脉。于是，村民纷纷谴责当初号令修渠道的大队干部。

渠道越发荒废。村里干部们的话，从此也越来越没人听了。

凉　亭

在我的家乡，每一条通往村落的石板路上，每隔二三里，必定有一座凉亭。凉亭大多跨路而建，或处平地，或立山峦，或临河谷，青瓦石柱，飞檐翘角，串起两端蜿蜒光滑的石径，迎送来来往往的行人。

我的家乡坐西朝东，南北东三面各有一条石板小径通往村外：向南可去我满姨外婆家；向北既能通往我舅舅的小村，分一条岔路，又通向山外的中学；向东则是我儿时上山捡柴，母亲去山外赶圩的必经之路。这一条条石板路上，都串着一座座凉亭，曾经留下我年少的足迹和身影。

我母亲两岁就没有了亲娘，满姨外婆就成了我母亲特别牵挂的人，母亲说，看到满姨外婆就能看到娘的模样。农闲的时候，我母亲便经常带着我去满姨外婆家住上一日两日，然后再把满姨外婆接到我家来住上一段时日。往返满姨外婆家要翻越几座山，石板小路在沟沟岭岭之间也十分陡峭，我走累了，母亲就带我到凉亭里歇歇。若是盛夏烈日，凉亭里风来风往，有时在凉亭的石条子坐下来，我就不想再走，母亲笑着鼓励我走到下一个凉亭再去歇歇。这样，一座一座的凉亭，也成了我奔走向前的目标。

我最熟悉的凉亭，还是村东面的那座，距离村子大约二里路的样子，夹在两座高山之间，名叫潘家凹凉亭，位于一处狭窄的山脊梁上，凉亭两边的石板小路都是长长的斜坡。这条石径是附近几个村子到山外赶圩的必经之路，来来去去的行人，尤其是挑夫和背树的苦力，经过一个漫长的爬坡之后，体力大损，咬牙缓步抵达潘家凹凉亭，放下重负，或站或坐，在凉亭里好一番歇息；或者掏出几分钱，交给凉亭边卖凉茶的村妇，从大木桶里舀两大碗凉茶咕咕喝下，以便恢复体力，继续前面的行程。

潘家凹凉亭据说是我们村子的先人建的，宛如巨翼，分为三间，八根大石柱支撑着粗大结实的梁椽，上面盖着厚实的青瓦。大梁之上，密密麻麻写着许多毛笔字，记载着一个个捐款捐工人的姓名。曾经好多次，我们仰着头，仔细辨认着每一个名字，企图读出自己的祖先来。石柱之间，由宽大的青石条连接，供行人歇息，或坐或躺，早已油光可鉴。小时候，我们常来这里两边的山上捡柴，天晴的日子，在凉亭里玩耍乘凉，要是突然来了大雨，我们就从山上冲下来躲避风雨。

那时候，母亲赶圩是我最向往的日子，尤其是夏天，逢圩的日子，她往往一大早就或提或挑自家的土产，如几斤豆子、一篮子花生，或者一只鸡、几个蛋，赶圩去了。等到太阳偏西，村前石板路上不断有村里人回来，却还是不见母亲的影子，我就常忍不住循着石板路，去潘家凹凉亭等待母亲。当母亲终于出现在我的视野，我欢叫着奔跑去迎接母亲，母亲大声应答着，一面笑着从篮子拿出一截菜瓜或者一小根黄瓜塞给我吃，一天的向往换得此时最香甜的开心和幸福。

在潘家凹凉亭，我曾见到过一次奇异的天象。那是一个烈日炎炎的正午，太阳高悬在头顶，两个一大一小的彩虹圆环环绕着太阳。我和小伙伴高呼大叫，但我们不明白为什么会出现这种景象。我曾询问父母，他们也说不出个所以然来。

母亲倒是给我讲过一个关于凉亭的故事。说是从前有一天，乌云滚滚，大雨如泼，炸雷狠狠，耀火闪闪，一群人挤在凉亭里躲雨，周围的田野上快要成熟的稻谷倒伏着，掩盖了石板小路。这时，耀火不断在凉亭外闪出一个人的名字来，大家都非常害怕，最后问出凉亭里面果然有这样一个人。原来他以前做过恶事，这次是雷公要劈他了。无奈，这个人走出了凉亭。当他冒雨沿着小路走时，稻谷倒伏致使寸步难行。他每走一步就小心地把倒伏的稻谷分开扶正，没有糟蹋一粒谷子。结果，雷公看他有善行，就收雨放晴，饶了他一命。母亲说，人总是要行善，老天有眼的。不过，母亲告诫我，打雷下雨的日子，最好不要躲在凉亭里，要赶快跑到家里来。

当我日渐长大，母亲把给舅舅家送年菜的任务交给了我。每年除夕的前几天，母亲把备办好的几块猪肉交给我提着，嘱咐我送到舅舅家去，说定春节拜年的日子，顺便向舅舅汇报一年来的学习成绩。我提着年菜，走过一座座凉亭，来到舅舅家里，吃过午饭后，再数着走过的凉亭翻山越岭赶回家。

以后，我到山外面上中学了，每个周末回家，一路走来，每一座凉亭都让我感到亲切，家就在凉亭的前面，每走过一座凉亭，离家又更近了！

干　塘

春节渐渐临近的时候，村前的几口大深水池塘也陆续干塘了。

这个时节，雪已经下过一场两场了，天寒地冻，北风呼啸，村庄沉浸在农闲后的宁静之中，漠漠水田一片空旷。落光了叶子的苦楝树在枝头挂着一串串黄瘪的苦楝子，岸柳垂着光裸的瘦条倒映池水，只有那苍柏和腊叶树依然绿得深沉，在料峭的严寒里别具精神与生意。

干塘的信息一刻就传遍了村庄，村庄顿时热闹了起来，袖手的男人和吊鼻涕的孩子陆续从青砖黑瓦的巷子里冒出来，向池塘边聚集，笑容已经在每个人的脸上荡开。

池塘岸边已经有人生了火，刚刚裸身跳进池水里挖开出水口子的青年男子爬上了岸，浑身冻得通红，瑟瑟发抖，说话都打着哆嗦，连忙烤着大火胡乱穿上衣裤。池水穿过岸底的水口子喷泻而出，白花花的水流发出巨大的响声，冲向塘岸下空荡的水田。此时池塘的水口子上面，一个漏斗状的漩涡从水面伸入水底，发出“嚯嚯”的吸水声。

池塘的水面在缓慢地下降，有人挑来了几担装鱼的谷箩筐，用来干塘后封出水口子的黄泥巴也从村后山脚下挖了来，和了水搅拌成半软半硬的黄泥团。岸边的人也越聚越多，孩子围着池塘跑来跑去，大人们在探讨着池塘里的收成。

当池水降到差不多一半深的时候，塘岸下泄水的口子安放了宽大的帘子筛，池水从泄水口喷出，落入帘子筛，再漏下去，冲进水田。此时，往往有鱼不时从帘子筛里蹦跳起来，或者被看筛的人抓住，或者落入水田逃走了，引得岸上的人阵阵惊叫。

岸上的人声突然沸腾起来，一条条大鲢鱼在池塘的水面上飞跳，此起彼落，激起一朵朵水花。大人孩子兴奋地鼓掌奔跑，不停大叫着“喔嚎喔嚎”的声音，鲢鱼跳得更欢了，整个水面像炸开了锅。

池塘的浅水区渐渐露了底，鱼群在向深水区聚拢，已能看到大草鱼和大鲤鱼露着鳍在水里冲来冲去，捉鱼的人脱掉鞋袜高卷裤腿，提着大谷箩筐下了池塘，岸上岸下群情振奋。“快捉这条啊，这条好大！”“快捉那条啊，那条好大！”塘岸上这样的喊声惊叫声接连不断。池塘里则忙得不亦乐乎，有徒手捉鱼的，有用渔网捞鱼的，也有用谷箩筐罩鱼的，每个人都笑得合不拢嘴。有些草鱼和鲤鱼特别大，冲劲十足，尾巴拍打泥水，弄得捉鱼的人浑身湿透，甚至将人冲倒，引来岸上岸下哈哈大笑。

孩子们此时跃跃欲试，围着岸边奔来跑去，纷纷想下池塘去抓小鱼捡田螺，无奈池塘岸壁又陡又深，加上天气严寒，只能望鱼兴叹。偶有冲动难耐的孩子，从岸壁上滑下去，双脚连鞋带裤陷入淤泥里，小鱼没捉到，人倒成了一个泥鬼，连惊带吓，又冷又冻，被人拉上岸，赶紧跑回家换衣换裤。

当一箩筐一箩筐的大鱼被抬上岸，大人孩子立马围上来观看，大草鱼，大鲤鱼，大鳙鱼，大鲢鱼，红眼条子鱼，白条鱼，大鲫鱼，大鳊鱼，一筐筐，一条条，膘肥体壮，有的还在张着大嘴蹦跳，令人啧啧赞叹。

此时，池塘的出水口子已经被人用预先准备好的砖头和黄泥巴团封死。进水口子已经被打开，清水从村前的水圳里源源不断流入池塘，留下来的鱼慢慢活泼起来，在渐渐澄清的池水里游来游去。随着一担担大鱼被挑走，池塘边围观的人也渐渐散去。

几个时辰后，深水池塘又恢复了原来的模样，波光粼粼，树影婆娑。

三根火柴

厅屋里密密匝匝围满了人，大人孩子男人女人，有问怎么回事的，有说要赶紧去找人的，有说可能不行了，有唉声叹气的，进进出出，叽叽喳喳，声音嘈杂而沉闷，空气中散发着汗的酸臭和口腔呼出的怪味的混合气息，令人感到窒息，尤其是在这样一个天气炎热的午后。

国平四仰八叉躺在靠天井边的人堆中间，眼皮牙关紧闭，面无血色，已经过去两三个小时了，依然这么躺着，一动不动。有人弯着食指伸到他鼻孔前探了探，还微微的有一点气息。

我的母亲急得也变了脸色，头发凌乱，平日里说话利利索索，这阵子一会儿被这个人问，一会儿被那个人问，连回答他们都有点结结巴巴的了，显然吓得不轻。母亲时不时走到厅屋大门口的石板路上张望，又匆匆走进来，手足无措，嘴上自言自语："这个庠金老师怎么还没回来？怎么还不来？"神情焦急。

中午吃过饭，母亲坐在家门口的小板凳上，手里摇一把蒲扇歇凉。黑咕隆咚的门框两侧墙上，石灰水刷出的一道竖条子十分醒目，中间是红色颜料写的楷体字，分别是“先进更先进，后进赶先进”“革命加拼命，无往而不胜”。门楣上也是一道白色的横条子和红色的字：“听从华主席指挥。”大厅屋以天井为中心，分上厅下厅，共五户人家，每家的门口都是一色的白条子和红楷体。在这个四面环山、黑瓦青砖的老村，才刚刚用圆鼓鼓的白炽灯泡代替了煤油灯盏。其时，我大约上小学二年级，星期六早早地放了学。“啊呢，我家的电灯昨夜不亮了，不晓得是哪里坏了。”母亲向着厅屋里歇凉的四邻说，“我们又不敢搞。”

“婶婶，我帮你看一下。”下厅的国平打着赤膊从长凳上站了起来。国平父母去世得早，兄弟两人相依为命，他是老大，爱笑有礼，曾经读过几年书，这会还没有娶亲。“要得咯，就麻烦你了咯。”母亲笑着说，十分高兴。

国平进了屋，光着脚板站在我家的灶台上，仰着头，一双手伸向黑咕隆咚粘着漆黑油脂的旧木梁吊下来的灯头和灯泡。我们也一齐仰着头，站在地上看他操作。就在他摘灯泡的时候，猛然“啊”的一声惨叫，像一截木头一样，重重地栽倒了下来，当即不省人事。“不得了啦，快来人啊！”我母亲吓得大叫，厅屋里的男人女人当即赶了过来，七手八脚把国平抬了出来，平放在厅屋中间，有人说是电着了。闻讯的村人陆续赶了来，围着国平议论纷纷，厅屋里顿时站得满满当当。

“赶快找人，找庠金老师！”有人提议，“庠金老师懂医，有法术。”庠金老师是本大队羊乌嘴村的人，在中学当民办老师，人长得高瘦，长脸的大嘴里镶嵌着一个银色的大牙，一说话一笑就露了出来。他是我们当地有名的老师，书教得好，又懂得中草药，还能接断手断脚。他每天下午上完课后走十几里山路回家，要从我家厅屋门口的石板路经过。他是我大姐的小学同学，平素与我家的交情很好。

太阳快要落岭的时候，终于等到了庠金老师，我的母亲仿佛得了救星。庠金老师走进人群，看了看国平，探了探鼻息。国平依然一动不动。

满厅屋的人都瞪着庠金老师的一举一动，屏声静气。庠金老师指挥围观的人拆了一扇木门板放地上，把国平抬了上去。这时，他从口袋里掏出一个火柴盒子，抽出三根火柴棍子，蹲下身，在国平的一双脚板上比画了几下，叫了一声："国平，你起来哎。"

国平慢慢睁开了双眼，打了个长长的呵欠，宛如大梦初醒，依然睡眼惺忪。"这是什么事啊？"国平开口问了这么一句，渐渐从木门板上坐了起来，望着周围密密匝匝的人群，似乎大惑不解。

猪栏塌了

母亲一年中要养两头猪，上半年养一头，下半年再养一头。

那时候的村人，没有养猪的人家几乎没有，即便是老单身公涛节嫂嫂和采芹，也都养了猪。养猪是一个家庭重要的经济来源，一年中付出不值钱的劳动，捡柴煮潲把猪喂饱喂大，到了杀猪的日子，雇个屠夫挑到圩场上卖了肉，换来一叠新新旧旧的票子，往往是一个家庭办个什么事业的指望，至于过节过年自家喝汤吃肉那还是小事。

村中猪栏大多成片散布在村边巷尾的角角落落，几户人家的猪栏共墙共垛，多是土砖砌成，上面盖着稻草，也有青砖黑瓦的猪栏，那是寥寥少数。我家的猪栏距离我家老屋不远，沿着西墙的石板巷子拐两个弯就到了，猪栏门口没有安装门页，就是用些土砖在门框上垒砌两三尺高，免得猪跑出来就成。因此，每当有人提着潲桶来喂猪时，一溜或肥或瘦的猪头顿时从各个猪栏的门口冒出来，一双前脚趴在门框土砖上，仰着尖嘴大耳，哼哼唧唧地叫唤着。

猪的食槽就在门口边，或是青石槽子，或是木头槽子，从生到死，猪的这个饭碗就不曾洗过一次，槽壁槽坑粘着陈潲，肮脏不堪。尽管如此，每次见人来喂潲时，猪都不会嫌其槽脏，当潲勺里的热潲凌空哗啦倒进食槽时，猪已迫不及待，嘴巴鼻子拱入潲里，啄头扇耳，哗哗地吃个不停，一面忽左忽右把小尾巴甩成圆圈，或者拉一泡长长的大尿。

猪栏里原本一层一层铺上了干稻草，大多数时候，干稻草早就不见了踪影，代之的是遍地粪便，层层叠叠，低洼处，尿水成泽，蚊声嗡嗡，臭不可闻。猪吃饱喝足后，涉泽踏粪，席身而卧，半眯半闭，或者鼾声呼呼，心无所虑，也不嫌主人贵贱，倒也随遇而安。

当春插秋插来临的时候，天气晴暖，水田翻耕需要肥料，此时，也是村里家家户户出猪栏淤的时候。家里的男女劳力，撤下猪栏门的土砖，卷着裤腿，拿着三齿锄赤脚走进猪栏里，把猪驱赶在一旁，任凭蚊咬粪臭，硬是将一层层浸泡着粪便的稻草淤泥，一锄一锄用力拖到外面的空地上，堆成长长方方的大堆子。之后，再往清理空的猪栏里铺上一层干稻草。那些日子，整个村子和田野臭气烘烘，村人用竹子筛子挑着一担一担黑沉沉的猪栏淤，在村巷和田埂上兴冲冲地疾走，一双泥脚和衣裤沾满了猪粪。

当一头大肥猪宰杀之后，猪栏不能空着。一头小猪崽随即从圩场上买了，用篾笼子装着，另一只箩筐里放几块砖头，或者买些必要的物品，一担挑了回来。这件活计都是由家里的男人来操办，我父亲对买猪崽深谙门道，晴热的天气若是买回了猪崽，他先是捡来一块尖锐的瓷碗片，在猪耳朵上划一道口子，任那乌血流出来，而后才双手捉了猪崽腿脚放进空荡的猪栏里。父亲说，不给猪崽放痧的话，猪崽就会死掉。

最让我牢记心怀的，是父亲有一次给我讲了一个捉猪崽的故事。说是从前有一个年轻人去圩场上买猪崽，碰到一个老者，老者带着他到猪崽行转了一圈，说这一圩没有好猪崽，不如两人喝酒去，下一圩再来。年轻人听了老者的话，请老者到酒馆喝酒。如此三番五次，年轻人买猪崽的钱所剩不多。又一次碰到老者的时候，老者终于告诉他，有一只没人要的尖嘴猴腮的小猪崽，才是真正的好猪。买下这只猪崽后，老者告诉年轻人，回家后，把猪栏门封死，只留一个小洞用来递煮潲，且每餐只喂一钵子即可，切切要十天之后才可打开猪栏门。年轻人回到家后，遵照老者的吩咐做了。五天后，年轻人实在不放心他的猪了，就打开了猪栏门。一看，把他惊呆了：里面已是一头大肥猪。杀了称秤，足足有五百斤。父亲说，老者是个仙家，见这年轻人心善，特地来助他，原本那猪崽每天要长一百斤的。

这个故事曾让我暗暗地盼望了好些年，我也希望我父亲能碰到这样一个仙家，给我家送一头千斤重的大猪来，我一定要过了十天后才看我家的这头猪。

这头千斤猪一直没有盼来。我家依然是每年养两头猪，上半年养一头，下半年再养一头。一家人煮菜、捡柴、煮潲、喂猪，每天不辞辛劳，一年下来，两头大肥猪先后出栏，都能有两百来斤重。这样的岁月周而复始，我们姐弟的学费，家里的种子化肥，一家的油盐酱醋，穿衣烧炭，人情交往，甚至蔬菜的茂盛，粮食的丰收，凡此种种，都要靠着猪栏里得来。

若干年后，村里养猪的家庭越来越少，人们纷纷外出打工谋生，养猪已经要赔本，田野和旱土也愈见荒芜。如今，我家的猪栏，也同村里大多数家庭的猪栏一样，早在风雨飘摇中坍塌了。偌大的村庄，几乎没有人家养猪。

当村庄已经没有猪的叫声，当田野已经失去了猪栏淤的养分，当村村落落都空空荡荡，当人们都抛弃了村庄，村庄的未来还有多远呢？

秋收后的田野

晚稻收割之后，太阳依然整日朗照，原本金黄如毯的田野顿时空旷而宁静。昔日掩映在稻浪之下的田埂，此时又恢复了原先的模样，放眼望去，阡陌交错，重重叠叠，宛如黑色的游蛇。在一圈圈游蛇围合的田野里，全是密密麻麻的禾蔸，在秋阳的映照下，现出枯黄发白的颜色来。这时，突兀田野之上，如锥如人、如站如立、如行如阵的，是一束束枯黄的干稻草，随意散布在每一块田野，犹如远古的军阵，寂静中透出无声的震撼。

山鸟出巢，晨雾漾开，从一抹黛瓦的烟村里，陆陆续续走出来一个又一个赤脚的童稚和少年，肩膀上各挑着大大小小的鸡笼和鸭笼，沿着田埂走来。这个时候，家家户户圈养的鸡鸭可以放在田野里觅食了，不必再像往日一样担忧它们损坏庄稼。鸡在打鸣，鸭在亮翅，关了一夜的家禽迫不及待在田野里奔跑散开，各自觅食。一只只肥大的老母鸡，带着一群群刚孵化的小鸡崽，在禾蔸之间从容走过，留下一路细碎的叽叽咕咕。也有成群的麻雀，突然像一阵疾风，从天空降落，空旷的田野，顿时生动起来。

田野里遗落无数的谷粒，在禾蔸边，在泥缝里，在横七竖八的烂稻草枯叶下，在禽鸟频繁点头啄食的嘴边。也不时有一线一线的稻穗，匍匐在田野之上，放牧鸡鸭的童稚和少年，甚至年迈的老者，一眼见了，俯下身子拾在手中，露出一脸满足和微笑，一面继续低着头，在田野上自在游荡，仔细寻觅。

太阳已高，田野上的人渐多了起来。经过多日暴晒的稻草束已经干透，男人和女人，老人和孩子，拿着柴枪绳索，挑着竹箢，背着长长短短的竹篙，来到各自的田野里，收拾稻草。各人张开双手，将四处散布的稻草束或提或拖，堆在一块。力大的男人，将绳索往地上摊开，提了一束束稻草，左几束，右几束，一层层叠加，龇牙咧嘴，缚成结结实实的两大捆，拿柴枪锐利如锥的枪头，用力在稻草捆的腰部深深插进去。之后猛一蹲身用力，大吼一声，双臂紧握柴枪挚起稻草捆子，朝另一捆腰部已插成的圆洞里插进去，马步一站，担上肩来，一闪一晃，沿着田埂和小径，滴一路汗水，疾步朝村里走去，堆进自家的杂屋或猪栏楼上。女人老人和孩子，凭了各自的力气，或多或少，用竹箢挑，或者在竹篙两端跨几束稻草，慢慢走来。

也有的人家，拿来了多齿锄，挑选了一束束又长又好的稻草，一人踩着稻草束的头，一人用多齿锄，一锄一锄将稻草的烂叶顺势梳落下来，用力扯掉，剩下一束束金黄发亮的稻草秆，就地坐在田埂上编织垫床的长草铺和垫座的圆秆筒。

稻草收了之后，田野愈见空荡，田埂上无处不有的野金菊也愈见分明和烂漫，时有捉泥鳅的成人和少年，提着木桶到处转悠。田野间蜿蜒的水圳和江流，有如翠带静静流过，水牛在江湾里躺着，露出一对弯曲的大角，一张大嘴不停地咀嚼，不时打一个响鼻，扇两下耳朵，在江面荡开一圈圈涟漪。岸边的梧桐、苦楝和杨树，叶子已然发黄，在秋风里哗哗飘落。一丛丛木芙蓉，开一树树红红白白的繁花，是这个时节最亮丽的色彩。

天空蔚蓝而澄明，云朵洁白而从容，在四周黛青的山色里，秋收后的田野，一派空旷。

杵毛芽

杵毛芽是村里的土话，虽然形象，要解释清楚却也要费一番口舌。

杵就是棒杵，村里俗称盲杵，是一根长条形的圆木棒，一头粗，一头略小，用柏树稠树苦槠树油茶树等硬木做成，长约莫两尺。盲杵的作用主要有两种，一是洗衣服被帐时用，那时村里人连洗衣粉都很少有，用的多是油茶枯粉，就别说什么洗衣机，那是连听都没有听过，城里人是否有不得而知。除了老单身公，村里洗衣服被帐都是女人和孩子的活，拿一根盲杵，提一木桶或者挑一担脏衣服被帐，来到老井边水圳边池塘边江岸边，在青石板上蹲下，从木桶里扯出衣服被帐往水里一按，浸个透湿，摊开在石板上，撒上一点油茶枯粉，揉搓几下，叠成一堆，右手握着盲杵略小的一头，一杵一杵挥动盲杵反复敲打，节奏匀和，嘭嘭有声，一股股带着白泡沫的脏水就从衣服被帐里敲出来，再揉搓漂洗，如此几番，最后双手用力拧成大麻花，哗哗啦啦挤干水分，大功告成，这就叫杵衣衫。二就是用来杵毛芽了。

毛芽是什么呢？这要从双抢说起。

双抢是一年中农村最辛苦的时节，抢收早稻，抢插晚稻。节候就在那段很短暂的日子，误了节候，晚稻即便插了下去，花期遇上寒露风，也难有收成。因此必须与节候赛跑，抢在节候过期之前把该收的收了，把该插的插了。偏偏这个时候，正是三伏酷夏，太阳如火。如果说挥镰杀禾已是汗滴禾下土，那么打禾就是汗如雨下了。

村里打禾用的是打禾机，城里人要是第一次看到，可能还以为是稻田里来了没有炮管的自行火炮，或者是大积木，又或者是小木屋。其实，打禾机就是一个大方桶，长约两丈，宽约四尺，前半截安上一个滚子，滚子的木条上布满密密麻麻陡峭的弧形粗铁丝，像一个巨大的狼牙棒，前后左右装上活动木板，把滚子包裹起来，末了再盖上斜面的顶盖木板，留一个大孔，有如张天巨嘴，后半截方桶则仰口开着。这样一个打禾机，把家什全装上，足足有一百多斤重。站在打禾机最前端的站板上，把手伸进张天巨嘴里将滚子扒转几圈，与滚子两端通过齿轮和铁杆连接的踩板就升了起来，一脚站定，一脚用力不停踏踩板，滚子转动如飞，嗡嗡嗡的巨响顿时响彻田野，传向村庄和远空。

打禾是一件苦力活，打禾人双手俯身从田里掐了一垛子割倒的稻子，急匆匆赶来，一脚跨上站板，顺势将稻子往滚子上一甩，一脚已飞快在踩板上猛踏，双手紧掐稻秆根部上下左右翻动，滚子打得谷粒子哔哔啪啪溅在木板上直响。一会儿工夫，方桶里已经落了一层厚厚的毛谷子。这时，在打禾机后面撮谷的人忙开了，俯首翘臀背朝天，忍受着谷粒溅脸的疼痛，一双手不停地在方桶里翻撮，把毛谷子里的稻秆稻草屑抓出来，放进身旁的谷箩筐里，这就是毛芽。再用撮箕把收拾干净的稻谷撮了，倒进另外的谷箩筐。一两担毛芽和稻谷打下来，不管是打禾人还是撮谷人，烈日下早已是大汗淋漓、满脸通红、衣衫浸湿了。

毛芽里有很多谷粒，也有不少长长短短大大小小成串的稻穗碎片，甚至有完整的稻穗，因此毛芽也是一个重要的粮食来源，必须挑回村里来。尤其是在生产队的时候，分毛芽也是收割季节里每天上演的一桩热闹的盛事。

村里各生产队的禾屋和禾场大多集中在村子的南边，收割季节，稻谷和毛芽一担一担由社员从稻田里挑到禾屋里堆成大堆子集中保管，再由专门的劳力根据太阳的热度和禾场的大小，有计划地将稻谷挑到禾场上疏开晾晒。拖着长把板梳来来回回梳理稻谷，还会梳出大量的毛芽来。到了太阳快落山的时候，当天晾晒的谷子已经干透了，经过风车去秕谷，干稻谷过秤后颗粒归仓，待盘点做账后统一分谷。毛芽则当天按户数进行分配。

此时禾场上已是一番热闹景象。各生产队的负责人和专门的劳力，正将一箩筐一箩筐的毛芽从禾屋里搬出来，在禾场上摆成一堆一堆，活像一个个大馒头。家家户户的妇女孩子提着箩筐手拿盲杵站满了禾场，叽叽喳喳评说哪堆大了哪堆小了，哪堆谷子多一些，哪堆谷子少一些，个个眼睛雪亮。负责人员便在各堆间来回走动，略略进行调整。调整完毕，从禾屋的粉壁上抠下几片粉壁，在每个毛芽堆子的前面随意写下各户主的名字，一面顺口大声念着。

听到自家的名字，这家的妇女和孩子已经喜滋滋围住了毛芽堆子，一屁股坐在禾场上，挥着盲杵一杵一杵敲打毛芽。当所有户主的名字写完，上百根盲杵上下挥动，一片噼噼啪啪的盲杵声，伴着叽叽喳喳的说话声和嘻嘻哈哈的笑闹声，响彻禾场。这时夕阳落下余晖，蝙蝠凌空飞舞，村庄上空已经陆陆续续升腾起一片片蓝蓝的炊烟。

“望眼”大会

懵懂童年里，记忆中跟随母亲开过三次“望眼”大会。

那时村后大樟树的高枝上安着一个大高音喇叭，每天早中晚，喇叭都会准时响起，震天动地，先是放一些“洪湖水浪打浪”之类的革命歌曲，然后歌曲停了，就有男人在喇叭里操着本地土话大声嘶喊，下着各种各样的通知。有时，通知里拖着长长的声音命令般喝道：“今日——在公社（或者是大队）——开‘望眼’大会，各生产队——全体社员——不得缺席！”

村人似乎已经习惯了开“望眼”大会，通知过后，马上就有人陆陆续续上路了。记得那一次是一个大热天，母亲拉着我走村过洞翻山越岭赶路去公社，沿路都是各个村庄匆忙赶路会合的男男女女，个个行色匆匆，表情严肃。到了开会的场地，人头攒动，红旗招展，喇叭声人声鼎沸。我们远远地在人群边缘站着，头上的太阳像烧着一炉柴火，毫无遮挡，晒得人头皮发麻，满面是汗，口干舌燥。我远远地望着闹哄哄的密密麻麻的人背和人头，以为“望眼”大会就是眼睛望来望去。过了好久，终于望见人群松动散开，我才又牵着母亲的手跟着络绎不绝的人群走山路回家。我曾好奇地问母亲，为什么要开“望眼”大会？母亲小心地说，开“望眼”大会就是要捆人斗人。

第二次看“望眼”大会是在大队部前面的空坪里，那是一个晚上，我跟随母亲他们穿过村前的稻田和江岸去参加“望眼”大会。大队部是一排简易的砖瓦房，在一处高地上，房前是一块大坪地，周边是稻田，远远地，就能看到大队部空坪上那个临时搭起的木台子，两盏汽灯高高地挂在台子的木杆上，照得空坪一片雪白，能看见坪地上站着的人群，与周边的漆黑的夜空形成鲜明的对比。我们到达的时候，空坪里已站满了人，熙熙攘攘，似乎有人正在木台子上喊话。突然间，轰隆一声巨响，人群一阵骚动，四散而逃，汽灯也灭了。我一阵惶恐，母亲牵着我就摸黑往家里走。事后，听母亲说，是木台子倒了。母亲曾多次脸色凝重地告诫我，开“望眼”大会的时候，千万不能到台子前面去，那里有煞气有妖怪，木台子就是妖怪弄倒的。

突然有一天，村里仿佛发生了一件什么大事，个个惶恐不安，每一个大人的脸上都表情怪异，黑青着脸，欲哭未哭的样子，人们的嘴里好像都神秘兮兮地在说着“戏戏”两个字，宛如天就要塌下来了。一大早，母亲牵着我往公社赶，路上，已经有络绎不绝的人流，一律黑着脸，满面哀戚，有的人在低声交谈，有的人还在抹眼泪，有的人在大声哭泣。不消说，又是开“望眼”大会了。又是翻山越岭，又是穿陌度阡，急匆匆地走了好久的路，来到溪河边一个学校，只见四面八方都是陆续赶来的人流，一齐向着学校汇集而来。学校门口扎着柏树枝拱门，拱门上扎着大朵的白纸花，人流进进出出，有很多人在号啕大哭了，很伤心的样子，我母亲也哭了起来。我茫然无措地紧紧抓着母亲的手，跟随人流穿过学校的操场，来到一个大礼堂前，礼堂门口也同样扎着柏树枝和白纸花。走进礼堂，里面已经站满了黑压压的人，都站立垂首，深深鞠躬，哭声震天。我母亲也大哭起来，我也想跟着母亲一起哭，但是哭了几下，硬是哭不出来。我不知道究竟发生了什么？我想看一下前面有个什么样的人，我踮起脚尖，我的眼睛朝礼堂前面望，越过重重叠叠的人背和人头的缝隙，隐约望见前壁上也扎着柏树枝和大纸花，中间像是有一张大画像。我记得这一天也是一个晴天，但不是很热，我跟着母亲光着脚板走在回家的路上，感到肚子很饿。

多年以后，我读了一些书，识了一些字，理解了一些词语，才渐渐明白，所谓“望眼”大会就是万人大会，“戏戏”就是逝世，那是一个特殊年代的特别印记。

又见老井

老井枯干的那些日子，村庄也病病恹恹地打不起精神来。确切地说，因为高速铁路线的修建，沉静数百年的村庄在忍受一场突如其来开膛破肚的疼痛后，正在慢慢疗伤和喘息。

那个时候，我在报社正干着记者的工作。之前，因为接到村民反映饮水困难的热线电话，我曾来到与我家乡相距数公里的一个名叫东冲头的小村庄采访。铁路线的修建，已导致这个原本水源富足的小村溪塘干涸，稻田无法栽种而抛荒，几口水井在烈日下枯干发白，如同渴死的鲤鱼张着的大嘴。在我采访的时候，刚好有一辆施工单位装水的罐车从远处拉来饮用水，村民闻风而动，男女老幼提着各式大大小小的水桶水罐脸盆朝送水车蜂拥冲去，大呼小叫兴奋异常，将水车围得重重叠叠。这个场面令我立刻想到了电视画面上非洲沙漠的饥民，在大热的暑天，后背似乎也不寒而栗。

当有一天，家乡的人告诉我，说我们村前的老井也因为这条铁路线的修建而枯死了，我真有点不敢相信。

相比附近的村庄，我家乡的水源无疑是十分丰沛的，村前有江流和水圳，水田广阔，池塘密布，村后有积泉而成的山塘。童年的记忆里，村庄山林茂密，绿水环绕，鸟声呢喃，流泉淙淙。即便近二三十年来，环境不断恶化，山头裸露，山泉消失，江岸荒芜，江水瘦弱，至少村前的稻田不曾干旱，村前老柏树下的那口老井依然长流不息。记得有很多年发大山洪的时候，与我们村庄一江之隔的油市塘村，水井因地势低而淹没，那边的村人常过江来我们村前的老井挑水，让我这个有着大村子主义的人曾在心里很为老井骄傲过好多回。

如今老井枯死了，千真万确，且为我亲眼所见。三口井眼一字排开，井底除了淤积的干泥，滴水全无。没有了流泉的老井，也就没有了丝毫生气，即便那棵老柏树依然在烈日下伸张着苍绿的枝叶。我甚至担心，这棵老柏树有朝一日也会被砍伐，或者干枯而死。

有村人对我说，你在报纸上报道一下，他们以为报纸是包青天，百事包管。有干部对我说，天子工程，报道也没用，哪有工程建设不带来损坏的？何况我更深知，报纸也不是记者自己家的报纸，那后面还有编辑、副总编辑、总编辑，甚至各级宣传部门和大大小小的权力人物，那么多眼睛盯着呢，控制负面报道是他们的日常职责。

数百户人家的饮水问题也不是小事，村民与各方力量不断交涉谈判妥协，在看得见看不见的利益诱导下，村民躁动的情绪不断分散和消解。原先的村庄也一分为二，被拆迁的百十户人家，跨过江流，在一座推平的小山包上建设新房，自成新村，并在江边挖了一口深水井，通过水泵和管道，每家都喝上了自来水。剩下依然在老村生活的人家，都在自己门前或院子打压水深井或者抽水深井，有一段时间，村里打井的生意十分火爆。各家都在忙碌，只有村前老柏树下的那口老井，张着空洞的大嘴闲看天日，虚度流年。

然而老井干枯的日子，村庄仿佛丢失了魂魄，没有了灵气。原先终日喧闹的老井边，已经不见了人影，那条通往老井的青石板路，也蒙上了一层尘土，不再油光发亮。尽管各家饮水无虞，但挑水的扁担和水桶在墙角里生了蛛网，村人还是感到了不适。在村前闲站和闲聊的时候，村人总会说起老井，回忆一番，叹息一阵，再各自散去。有几年时间，我偶回村庄，看到老井这幅光景，总会隐约地忧虑，有朝一日，这个村庄终将变成一盘散沙。

今年春节前夕，我带着儿子回到村里走一下亲戚，看看老家的房屋，顺便在村里走走。在经过村前新修的水泥大路的时候，我突然看到老柏树下的老井边蹲着几个妇人在洗衣服。我猛然一惊，随即牵着儿子的手往老井走来。让我想不到的是，老井竟然又清泉悠悠，咕咕流淌，老柏树干和老井的围墙上，贴了几张小儿寄名的菱形红纸，一如从前。我心头一阵喜悦，掏出相机，对着沿井边俯首看鱼的儿子一连拍了好几张照片。

我兴奋地向洗衣的乡亲打招呼，她们每个人的脸上都饱含笑容。“孝纪来了！”这时，我身后突然有人在叫我。我回身看时，是文彩老嫂嫂，肩上正挑着一只箩筐和一个水桶，从井边石阶上经过。她停了步，笑着对我说：“是我仁录他们把老井修好的啦！还引到宗祠边又新修了一口井，这下方便了。”仁录是她的大儿子，也是现任村支书。说这话时，文彩老嫂嫂满面自豪。

这时，我看见老柏树和文彩老嫂嫂的身后，从高大厚实的高速铁路桥上，一列白色的子弹头列车呼啸而过。在初春来临的暖阳下，古老的村庄，新修的高速铁路，饱经沧桑的翠柏，劫后重生的老井，年迈的嫂子，年少的儿子，整个画面是如此的明丽生动、和谐安详。

老井咕咕流淌，村庄又有了灵魂，有了生机，有了活力。

抽水机房

有一段时间，村里流行打纸板，我们称为打批，家里所有能找到的废书和牛皮纸，我都折成大大小小正方形的纸板，每日在村里斗来斗去。赢了，抱一沓厚厚的纸板回家；输了，两手空空回来，再翻箱倒柜找废书废纸。那些日子，我们都很羡慕志军，他爹爹国美管村里的抽水机房，志军总是有斩成一截一截的抽水机皮带子，他用皮带子打我们的纸板，“啪”的一响，我们的纸板就像一片树叶，轻易被他的皮带子掀翻，而我们用纸板打他的皮带子，却总是纹丝不动。结果显而易见，赢家总是他，输的都是我们。

抽水机房在村对面的山脚下，那里有一个名称叫杨家湾，从前是一个姓杨的小村庄，慢慢地人都住没了。在我很小的时候，那里除抽水机房之外，已经没有别的房子，只是我们在扯笋子的时候，常会从那些竹子丛中看到一摊一摊的碎瓦断砖。这里据说是一个很阴险的地方，常看见鬼火一闪一闪，要胆子特别大的人才敢在抽水机房里睡觉。因此，每当我爹爹跟我讲那个故事：从前，山脚下有一栋房子，房子里藏了两窖银子，要想得到银子，就要到房子里睡觉，半夜里会有一个白胡子老人托梦告诉藏银子的地方，前后来了很多胆大的人，一个一个全都在夜里被鬼掐死了……我眼前就会不自觉地浮现出抽水机房的画面：树丛中低矮的有两条木门的墙面斑驳的黑瓦房。

机房旁边是一口大致呈直角三角形的大池塘：东面是山脚，南面是高坎子，一条长长的斜岸把池塘与西北面广阔的稻田分隔开来。山脚和高坎子长满了茂密的竹子和树木，尤其是有两棵特别大的老桃树，枝叶散开俯探池面，结着一个个硕大的桃子，常让我们垂涎欲滴。只是池塘清波淼淼，深不可测，令人望而生畏。池塘里不时有大草鱼从水底无声无息浮起，张开大嘴，从水面拖一根水草又沉入水中；有青蛙在岸边看不见的地方偶尔沉闷地叫唤，那声音就仿佛从水底透出，极具震撼力，一个人路过的时候，真有点毛骨悚然。池岸南面的尖角上，打了一排木桩，围着几圈竹帘子，防止池鱼从入水口沿着高坎子下的水圳逃走。

很多时候，我们喜欢爬上抽水机房后面那根长长的大铁管子，铁管一节一节用螺丝连接，沿着陡峭的山坡一直延伸到黄泥巴公路边，每一个连接处恰如一张张大圆饼套在铁管上。我们肚皮贴着大铁管，双手紧紧抱着，你追我赶，直往上面公路边的出水口攀爬，将铁管子摩擦得油光黑亮。每逢抽水机房响起突突突突巨响的时候，长长的铁管子一阵晃动，一股巨大的水流顿时从铁管子出水口哗哗冲了出来，有时我们将手掌或者脚掌伸向铁管出水口边缘挡一下，水线飞喷，满面满身顿时淋得浸湿。清澈的水流欢快地奔跑，沿着公路边水沟一道道分水口，流入那片由山地和旱土开垦出来的稻田，滋润着碧绿如茵的禾苗。在这片阔大的稻田里，我曾跟随父母割过禾，也捉过青蛙，抓过泥鳅和小鱼。

抽水机房和那根长铁管早已消失得无影无踪。那片高坎子上的稻田也沧海桑田，几度改换了模样：先是成了旱土，之后一部分成了小学的校园，一部分成了村人建房的基地，剩下的如今都抛了荒。

石板巷

一年中，石板巷子里最热闹的日子，当属盛夏时节。

如果把老村的瓦房子比作是黄鳝藤上的叶子，那么黄鳝藤上每一根粗粗细细的枝枝丫丫，都是瓦房子前前后后左左右右的青石板巷子。在高而笔立的青砖墙下，石板巷显得十分逼仄，若是成人伸开双臂，两个手掌足以在两面墙上紧紧地撑住。而那时以我童稚的眼光看来，却是十分宽敞。

下大雨的时候，雨水哗哗地从锯齿状的瓦檐口一串串落下，分毫不差落入石板上那一溜深深浅浅、有如酒盅状的石眼里，沿墙脚溅出一朵朵跳跃的水花。雨水漫过石板，流入前墙根下的一线明沟里，把一条条石板巷子洗刷得光光亮亮。

夏天的雨不会下得太久，一停也就晴了。当然，大多数的日子，石板巷的上空，是一巷蔚蓝的深空和一些悠游的白云。

早晨从床上爬起来，睡眼惺忪坐在石板巷的石墩上，凉风习习。仰头看时，太阳已在檐口下面照出一道长木板状的白花花亮光来，那些粉壁上的一幅幅花卉、人物、鱼虫、山水的图画，顿时明亮又清晰。三三两两的玩伴也汇聚而来，一天的游戏自此开始。

火眼公（方言：蚂蚁）总是最先闯进视线。在墙脚或者石板的缝里，一只孤独的火眼公在游荡，用手指在舌头上蘸一点口水，在它面前划一条河，火眼公立即驻足不前，稍微停留试探片刻，倒转屁股就想逃走。一坨口水下去，火眼公淹没在汪洋大海里拼命挣扎。之后，有更多的火眼公被发现，甚至成群结队，抬着一片眯节（方言：苍蝇）或眯聋（方言：蜻蜓）的翅膀，此时，一首朗朗的童谣会不约而同地从围观的玩伴们口中流出："火眼公，抬眯聋，抬起眯聋上广东。"童谣反复吟唱，一直目送火眼公们把它们的战利品抬进洞穴，愉快和笑声也在早晨的石板巷里弥散开来。

檐口下的阳光在一寸寸往下移，石板巷里的人越来越多。咳嗽的，吐痰的，漱口洗脸的，端碗吃饭的，提着潲桶去喂猪的，手里拿了几根刮屁眼的稻草上茅厕的，担着两个大木桶去老井挑水的，从菜园里摘了一篮子菜回来的，男女老幼，各色人等，往来过去，石板巷里熙熙攘攘。

上午大人上工后，石板巷成了村童的乐园。赤膊躺在石板上，透体舒泰。那时一个最流行的游戏是打叉，用的是山上折来的小叶厥的棕色秆子，粗细如席草，长短约半尺。打叉时，两人一组，相对跨开两腿围一块石板而坐，先甩手锤子剪刀布决出从谁开始，随即由他或她将手中的一把厥秆子甩在石板上散开，把那些打成一把一把的叉捡起来，剩余的，相互交替用食指随意搅动拨划一下，再捡叉，最终谁手中捡的厥秆子多算谁赢。也有人用从锦川里捡来的彩色软卵石在石板上划棋盘，下皇帝棋，或者圆棋，或者回字棋。打子是技术活最强的一项游戏，坐在石板上，右手将一把石子哗啦一声甩开，向空中抛出一粒，飞速张开手掌扫捡石板上散布的一粒粒石子，再反转手掌接住落下的那粒，迅雷不及掩耳，一气呵成。此外，打纸板的，用田螺壳串跳屋子的，全都不亦乐乎。

太阳明晃晃的亮光从墙脚移到了石板上，驱走了石板巷里最后一缕暗影，正午时分到了，烈日当空，石板巷不再阴凉，玩伴们渐渐散去。此时，蝉在附近树上的高枝长吟，空气变得燥热而沉闷。大人孩子都在自家的厅屋里吃饭，或摇着大蒲扇歇凉。石板巷里只是偶尔有人走过，或者大狗小狗张开大嘴吊着舌头跑过，或者一两只不怕晒的公鸡母鸡，点头点脑，蹒跚而行。

石板巷的阳光又慢慢移上了另一面墙，暗影再次统治了石板巷。当夕阳昏黄的亮光移至檐口时，傍晚也就来临了。石板巷又热闹起来，有人在屋前的石板上泼水，以便让滚烫的石板尽快凉下来，一只只木脚盆也从各家搬了出来，倒进微温的洗澡水，脱得精光的孩子们开始坐在澡盆里洗澡。记得我那时最喜欢坐在水中拉尿，看着面前一股小泉汩汩翻涌，十分开心。巷子里陆续摆上了长凳、矮板凳，熏蚊子的秕谷也在盆子里燃起来了，散出浓烟。喂夜猪的人，行色匆匆提着满桶的煮潲，转过石板巷的拐角，往猪栏去了。

吃夜饭的大人，端着粗大碗坐在巷子里的木凳上边吃边聊。孩子们仰头看着一巷深空里的繁星，又在唱歌般念着已经念过千遍万遍的童谣：“青石板，钉麻钉，钉得清，数不清。”或追逐笑闹，或相互猜谜，或听大人讲古讲鬼。有时，石板巷的上空，仿佛贴着屋瓦倏然飞过一颗流火，“天火！天火！”眼尖的孩子们顿时惊叫起来，一巷子的人全都惊悸不已，大人说，看到天火要大声叫喊，否则就要掉下来，谁家的房屋就要起火了。

当一天的暑气终于消散，月亮照临石板巷的上空，夜风吹拂，孩子和男人已在床上进入梦乡。劳累了一天的主妇们，在巷子里谈着家常也是呵欠连连，便收拾凳子，关门进屋。石板巷子变得空空荡荡，月色如水，偶有夜鸟飞过，发出几声神秘的叫声。

第三辑　至亲

父亲的荣耀

2005年7月的一天上午，永兴县电视台记者小胡打来电话，说是要采访我的父亲。我告诉他，我的父亲已于半个多月前去世了。小胡很是意外，“太遗憾了！”

“六一”前夕，因制作一期儿童节目，小胡来我家采访我十一岁的女儿，那时我的父亲也在场，我便向小胡作了个介绍：我的父亲，九十二岁，曾经当过三年国民党的兵，同日本鬼子打了三年仗，身上两处负伤。“哎呀，这真是不简单！”小胡很是兴奋，“今年是纪念抗日战争胜利六十周年，我正愁找不到这样的典型，下次我一定专门采访，做一期节目。”那段时间，父亲很是高兴，他一向就很健朗，这下就更是精神焕发。每逢我的几个姐姐和亲戚来看他，他总会抑制不住内心的喜悦，“电视台要来采访我了，要我讲从前打鬼子的事。”父亲的心里装满了荣耀和期待。

从我孩提时候起，父亲就给我讲他打日本鬼子的经历，二三十年来，尽管我已听过无数遍了，却总是百听不厌，而且随着我年岁的增长，对父亲的那段经历越来越充满神往和敬意。父亲呢，也总是津津乐道，有问必答，不厌其烦。讲得兴起时，他还会唱起战歌，声音洪亮，眼睛放光，特别是唱到那句“大刀向鬼子们的头上砍去，杀！”这时，他双手做一个持枪的姿势，猛地往前一刺，就仿佛他眼前站着凶恶的日本鬼子。然而，那段岁月毕竟流逝得太久远了，加之父亲又是一个文盲，很多经历和细节他已经记不起来，甚至连哪年去当的兵，哪年在战场上失散回家的都不太清楚了，他讲述的，都是一些在他脑海中深深烙下印痕的零碎的片段。

父亲生于1913年，名叫黄观成，在他出生前两个月，我的祖父便去世了，十二岁时，我的祖母也去世了，从此，他与长他两岁的我的伯父黄仕成相依为命。成年后，我的伯父被抽丁去当了国民党的兵，家中只有我的伯母和我的父亲。抗战吃紧的年月，我的父亲是以五担茶油的身价顶替村里黄隆景的名额去当兵的。父亲说，他所在的部队是国民党第73军15师43团5营，他的连长是湘乡人，名叫王生堂。最初他是在班上当战士，后来连长见他机灵，就要他当了勤务兵。三年抗日生涯，他所在的部队主要在湘北、湘西、江西和湖北的部分地区转战。

父亲第一次参战，是在新兵训练一个月后的一个夜晚。半夜里，忽然吹起了起床号，匆忙吃过饭，部队随即紧急集合，向火线跑步前进。行进途中，不准点火，不准讲话，前后两人之间只能保持一臂的距离，万一掉队，相互之间也只能拍拍枪托联系。黎明时分，他们到了战场，枪声大作，炮火纷飞，接连不断地有伤兵从山上往下抬。忽然，前方部队纷纷溃退，他们的部队也顿时乱了阵脚。父亲说，这次战斗，他们败退了几十里。

谈起在石门县城的一仗，父亲的心情非常沉重。他说，他们的部队与敌人激战后，退到了石门县城。太阳快下山的时候，日本骑兵和大部队攻进了县城，他们与日本兵拼上了刺刀，边打边向石门河撤退。到了河边，到处是逃命的居民和士兵，而渡河的船只非常的少，拥挤不堪，很多人纷纷跳进河里，父亲也是慌乱中抓住一只小木船的船舷泅水过河。父亲说，他们还在河中间，日本鬼子就赶到了河边，疯狂扫射，整个石门河，都让血染红了，浮满了尸体，惨不忍睹。那次战斗，部队伤亡惨重，有的连队无一人生还，父亲所在的排也只剩了几个人。几天后待日本兵退去，他们还从河里潜水捞了六百多支枪上来。

“战场上实在太苦了！”这是父亲常说的一句话。有一年的冬天，下着雪，按照命令，他们在田埂上伏击日本鬼子，整整卧了一夜，浑身湿透，直打哆嗦。在一个名叫热水坑的地方，他们曾与日本鬼子对峙打了一个多月。那时，他们日日夜夜伏在山上的战壕里，没有洗过一次脸，更没洗过一次澡，满身泥灰，特别是早上出太阳的时候，身上一热，虱子成群结队从背上沿着颈脖爬出来，又叮又咬。尽管如此，也只能忍受，因为部队的纪律，连睡觉也不准解衣脱裤，随时都要准备战斗。而在战斗停歇的间隙，他们还要收集掩埋大量的尸体，有时一个坑里要埋上几具甚至十几具尸体，有的尸体已经腐败，更是恶臭难忍。父亲的左手也是在这次战斗中负的伤，他说，那是在早上开饭的时候，他端了一碗饭蹲在地上正准备吃，忽然一颗子弹飞来，把他的碗打落在地，手臂挂彩，排长喊他赶快往后倒下。否则，如果身子一站，第二颗子弹飞来，就没命了。

父亲的左耳根旁的头皮上有一条两厘米左右长的亮疤，父亲说那是日本鬼子的手榴弹炸伤的。一天夜里，团长下达命令，从各连挑选了一百多名精壮士兵组成摸哨队，父亲也是其中的一员。他们个个都剃成光头，一律单衣单裤，手持一把匕首。出发前，团长交代，在前方不远的一个小村子驻着日本鬼子小部队，有二十多匹马，到达后，摸着戴帽子有头发的就杀，把马匹牵来。他们一百多人趁着伸手不见五指的夜色向敌营靠去。到了村边，不知是谁触响了铁丝网，顿时日本鬼子枪声大作，手榴弹雨点般朝他们炸来。这次摸哨，不但一个日本鬼子没杀着，他们倒牺牲了几十个弟兄。

每逢提起日本鬼子的暴行，父亲都会眼圈发红，声音哽咽。他说他们连队一次在路过常德的一个小村子的时候，整个村里的大人小孩都被杀死在旁边的一丘田里。在一个大石磨上，压着剥光了衣服的一男一女，肚子爆裂，舌头从嘴里吊出来，非常凄惨，很多士兵都掉了泪。还有一次，他们连队的一个排在战斗中失散了，连长带着他们去寻找，在一个山脚下，发现这一排战士都打死了，锅里的饭撒了一地，有的战士手上还端着饭碗，经清点，唯独不见了排长。他们便朝山上呼喊排长的名字，很久，才听到排长从山上应了一声。排长战战兢兢从山上走了下来，面如死灰，连长问他是怎么回事，排长说，他们正准备吃饭，哨兵被日本鬼子杀了，日本鬼子悄悄围了上来，突然袭击，这时他正在山上解手，才免了一死。父亲说，这个排长归队后，不久也得急病死了。然而，残酷的战争环境中，有时为了保全大局，即使是自己的士兵，如果有碍安全，也会招致残杀，父亲就曾亲眼所见。有一回，他们连队被日本鬼子包围在一处密林里，他们听得见日本兵搜山的吆喝声和狗的叫声，情况非常危急。有一个士兵偏偏咳嗽，连长开始要他忍住，实在忍不住就伏在地面上唔着嘴巴，可这个士兵总是不停咳嗽。连长猛然一手掐住这个士兵后脑往地上一按，抽出匕首对着颈脖就是一刀，“让你咳个饱！”

父亲说，他也有一个遗憾。有一次，部队在休息的时候，他在一个小山包上站岗，忽然，一个日本通信兵骑马从他附近的小路跑过，他举手一枪，没打着，等第二枪上膛，这个日本骑兵已跑进山里不见了。

我的印象中，父亲在讲述抗战的经历时，只有一件事让他会心地笑过。那是在石门之战后不久，他们15师剩余部队全体集合，师长说，军长要来检阅，所有官兵都要把风纪扣扣好，胸脯挺直，等下军长来了，一个个要眼珠子鼓起怒目而视，瞪着军长不放。不一会，军长来了，骑马绕部队跑了一圈，健步走到了台上，大声训话：“哎呀！剩下这些兵啊，就是些好兵啦！一个要当十个！一个个还眼珠子红红，还想打日本鬼子啦！好样的！关饷！”

据父亲回忆，他是在湘西一带丛林里武装押运打前站的时候，与部队失散的。他一个人分不清东南西北，曾辗转到过永顺、保清、新晃，还被一个地方的保长收留过，后来这个保长给了他盘缠和路条，他又翻山越岭，走了一个多月才回到家。到了家，全村人惊讶不已。原来，就在父亲到家的前两天，一张写着“黄隆景阵亡”的通知书已寄到了村里，到了真正的黄隆景手中，家属可以得到三十年的抚恤，他们正商量着如何去县里领取。见我父亲人已到家，领抚恤金的事也就不了了之。

父亲去世快四个月的时候，我偶然翻阅《永兴县志》，无意间看到了一页《永兴抗日阵亡将士名录》，我的心猛然一震，刻意去寻找姓黄的名单，竟骇然写着“黄隆景”三个字，其实，这就是我的父亲——真正参加抗战的黄观成。我兴奋，我为有一个英勇抗战的父亲而自豪！我伤感，我为父亲一辈子都不知道自己抗战时期使用的名字早已上了英雄谱而遗憾！我百感交集，泪流满面。父亲啊，为什么正当你满怀期待准备向世人讲述自己一生中最辉煌最荣耀的经历的时候，竟这样匆匆离去呢？

政治的尘埃在慢慢拂去，历史的本真正渐渐恢复，你们——我的父亲和千千万万在伟大的抗日战争中英勇奋战的所有中国军人，必将得到民族的景仰！

又到茶花飘香时

“过两天霜降了！”我正在灯下看书，妻掀着挂历自言自语起来。

是啊，又到采摘油茶的季节了！

我的老家永兴县洋塘乡是盛产油茶的地方，田少山多，放眼所见，漫山遍野都是深绿色的油茶树。儿时的我，最盼这个时节的到来！那时，我们还在生产队，家乡的习俗，霜降过后七天，才能上山采摘油茶，据说此时茶籽的油分最足。霜降前几天，生产队放干大塘深水，家家都能分到几条大草鱼。母亲把鱼剁成小块，用柴火烘烤，黄熏熏的，还流着油。腌在坛子里的剁红辣子伴豆酱也已喷香——剁辣酱炒干鱼——这可是我盼了一年的佳肴啊！

开山的日子到了，天还没亮，忙得一宿没睡的母亲把父亲姐姐和兴奋了一夜的我都叫了起来。吃饱了母亲做的喷香的饭菜，天已蒙蒙亮。父亲的谷箩里挑着柴米油盐红薯花生铁锅铜壶和鼎罐碗筷一任什物，母亲姐姐和我提着大篮小篮，同生产队家家户户一起，朝远处的茶岭赶去。山路上，随处可闻嘈杂的谈笑声脚步声，随时都遇着来来往往行色匆匆的行人。

到了岭上，选一处树稀草少的开阔地，放下谷箩和炊具食品。男人们肩挎竹篓，妇女们手提竹篮，沿着山界走到山顶，从上往下依次采摘。我和小伙伴可不管那些规矩，像一窝山雀在山中间乱窜，高呼小叫，专门挑茶胚又大又多的矮树摘。此时的山山岭岭，是一年中最热闹的时刻，“你在哪里啊——我在这里——”“好溜呢——不要摔着了——”“不要过界呢——茶子岭上不认亲——”“不要偷茶子呢——我打石头了——”到处是此起彼伏的呼喊声吆喝声。真是一个沸腾的海洋！我还有更快乐的，就是在一些盛开的茶花里有一汪清清的花蜜，把嘴凑上去，一吸，满嘴花粉，甜香无比。偶尔，会有更惊喜的发现——俗话说，“八月十五，石榴落土”，在一丛刺蓬中间，竟还残留几粒算盘珠子大的野石榴，在枝头摇晃，红得耀眼。中午时分，我和小伙伴早已捡好干柴，父亲母亲姐姐和别人家的大人都背着茶胚陆续从山顶下来。大家坐在地上一面嚼着红薯花生，喝着茶，一面谈笑着今年的收成，绿油油的山间腾起了一根根蓝蓝的烟柱，不一会儿，鼎罐里溢出了沁人心脾的米饭的清香。

时光流转，不经意间，我已上中学，成了半大的少年，父亲七十多岁，母亲年近花甲，大姐二姐先后成家，生产队也散了伙，分山到户。父亲成天在岭上挖垦，每年都要把茶山翻个遍，刺蓬野树野草销了踪迹，树下的黄土松松散散，整整洁洁，干干净净。那时节，年成又好，该下雨的季节下雨，该出太阳的季节，整天阳光，茶树长得又高又大，郁郁苍苍，每年要摘几十百担茶胚，打二三百斤油。父亲脸上写满丰收的喜悦。

采摘的日子到了，学校放农忙假。看着枝头沉甸甸的茶胚，我既喜又愁，天晴的日子还好点，要是下雨，尽管穿足衣服，外面围上一块薄膜，又戴着草帽，但在树林里穿来钻去，草帽时常被树枝勾脱，从头到脚一身浸湿，仰起脸用力把头顶的枝条一扳，雨水顺着袖管和脖颈往里直流，凉彻心骨。有时用力过猛，手划破了，茶树灰掉进眼里，用手背一揉，雨水泪水血水灰尘混在一起，满脸乌黑。旧解放鞋鞋底原已磨光，这时稍不留神就摔个趔趄，屁股摔痛，鞋子摔脱，用手掌撑在泥地上站起来，赤着脚把鞋子找来穿上，脚板的泥土和雨水在鞋里一搅和，特别的滑，只能勾紧脚趾走路，又冷又痛。一阵北风呼呼吹过，牙关直响，全身发颤。最难的要算挑茶胚下山，父母亲年事已高，挑茶胚的任务自然就落到三姐和我的头上。每当谷箩装满，就要送到两里路远的晒坪去。把箩绳扎好扣到扁担的两头，弯下腰去，将扁担往肩上一搭，脸朝地，蹲了个马步，咬紧牙关，憋足了气，猛一用力，肩上顿时重若千斤，腰椎几乎爆裂，痛得难以起身。踉跄几步，终于站稳。望望陡峭的山岭，望望远处的晒坪，还未开步，已是泪水打圈。茶树稠密，山间小道长满青苔，又湿又滑，左手扳着前面的箩绳，右手攀住道旁的树枝，每走一步，都出奇地艰难，况且我又不会换肩，才一会儿工夫，肩膀就痛得支持不住，想找着合适的地方放下担子，猛然一脚踢到了凸出地面的石头，“哎哟”一声还没出口，连人带担已重重地扑倒在地，茶胚呼呼噜噜沿着山路直往下滚。坐在地上，揉着痛得钻心的踢红了的脚趾，泪水已涌满了眼眶。我真想懒得挑了，然而，想起年迈的父母，想起全家的生活，自己的学费都指望着这一片茶山，我又坚强起来，忙把散落的茶胚一个一个捡到箩里，忍着泪，重新担了起身，十步一小歇，二十步一大歇，一步一步朝晒坪挪去。那两里远的山路，在我的记忆里，没有比这更漫长的了。一个星期下来，双手皮开肉绽，脚趾不能伸直，肩膀红肿，浑身上下没有一处不酸痛。

中学毕业，我上了中专，参加工作，结了婚，又生了孩子，三姐也嫁到偏远的山村去了。然而，每年的霜降前夕，父亲总会一个电话打过来，急切地催促：“别人屋里都上山了，快点来！”摘茶子的艰辛在我的一生中是那样刻骨铭心，却又回味无穷。也许，我现在总能保持一种吃苦耐劳坚强自信的精神，与摘茶子的经历不无关系。不知怎么，长大成人后，一提到摘茶子，虽是“苦役”，我却格外振奋，马上请了假，携妻带女回到老家。

近些年来，家乡的劳力大多长年累月在广东做工，很多田土都无人耕作，茶山就更是一年一年地荒芜，刺蓬野树野草长得进不得人，有时一场山火，成片成片的茶树就没了，茶山的收成越来越少。父亲也八十多岁的人了，体衰气喘，已不能垦山，加上频频干旱，树木枯死，我家的油茶林也是日见衰败，每年顶多打六七十斤茶油，有的年岁二三十斤也是常事，勉强供给一年的家用。茶油的价格却逐年看涨，到了十五元一斤。也因此，父母就把这片茶林越发看得珍贵。哪年茶花开得稀少，父亲就会叹口气，说："明年的收成又不得好。"要是看到漫山都是雪白的茶花，父亲准会高兴得常念叨："明年准是一个丰收的年成。"

四年前，母亲去世，按她的愿望，葬在我家岭上的一个向阳坡。父亲随我到了城里居住，然而尽管已是九十高龄，却总是闲不住，隔三岔五，就闹着要回老家，说是放心不下那栋老屋，担心岭上的茶树被人砍去做柴；说是不到岭上去转转，不到母亲的坟头去坐坐，心里头就慌得难受。这两年，煤炭价格疯涨，一吨五百多元，村里的人又重新烧起了柴，岭上的茶树盗砍滥砍得厉害，纵火烧山的事也时有发生，父亲整天都在为那片茶林担忧。

今年春上，堂兄打来电话，说我家的油茶岭失了火，烧得干干净净。我心里一阵难过，我把这个消息告诉父亲，良久，他平静地说了声："还是躲不过啊，太可惜！"农历五月十五，父亲走完了九十二岁的人生旅程，按他生前的嘱咐，我将他葬在了母亲的坟旁。站在二老的坟前，望着眼前满目疮痍、烧得光秃乌黑的山岭，我不禁怆然泪下。油茶树啊！莫非你们也在天有灵，要随与你们相伴了几十年的我劳苦了一生的父母一同从这个世界上寂灭么?

霜降了，又到了果压枝头茶花飘香的季节。我却再也不能回到故乡，去收获那片曾给过我欢乐和愁苦的油茶林了。故乡的油茶岭啊，何日才能再现我记忆中那片郁郁苍苍繁花似雪漫天飘香的茶树林呢?

母亲的喊声

偶尔，半夜里我还依稀被母亲的喊声从梦里惊醒。

那时节，我们这帮村里的小男孩，除了上学，一个日常的工作就是上山捡柴。村后的靠山是禁山，生长着茂密的枞树和各色高大的杂树，掌握着一个村的风水和命运，是绝对不能进山捡柴的，否则就有抄家的危险。因此，我们常三五成群，或十几个人，像飞鸟投林一般，一同扑到江对岸郁郁葱葱的油茶岭上，捡拾干枯的柴火。

曾经有一段时间，因为捡柴人的贪心，往往故意把一大片活生生的油茶树枝砍倒在地上，隔几天等这些树枝的叶子枯黄甚至变成焦红之后，再当成干柴捡回家。这类事情发生得多了，引起了村里的重视，在宗祠里召开大会，宣布全村禁山捡柴，由村里的老单身公希贤为守山人。于是，希贤打着铜锣游遍村里所有巷子角落，扯着大嗓子警告称：各家听好了，从今往后，细伢子不准上山捡柴，抓住了没收柴火，还要罚谷罚钱！

这个禁令让我们规矩了好些日子不敢上山，但各家总要烧柴，慢慢地，小孩子三三两两地又偷偷上山捡柴了，并且与希贤展开了旷日持久的老鼠防猫的游戏。村前南北东三面各有一桥，是捡柴的孩子回家必经之地，而希贤常以静制动，扼守桥头。我们为避免希贤抓住，经常天黑了也不敢下山，而这恰恰急坏了我的母亲。每当夜色渐浓，“清——和——呃——”母亲竭力嘶喊我小名的声音，穿过田野，穿过江流，穿过茂密的茶树林，一声声撞击着我的耳鼓。

母亲曾经给我算过很多回八字，说我童运长，小时候命中注定病痛多。我至今仍然记得，很多时候，我伏在母亲的背上，头痛肚子痛得厉害。同住一个大厅屋的邻家老奶奶告诉我母亲说，孩子可能是吓着了，要喊喊魂。于是，在不少个傍晚，母亲先把水缸挑满水，然后牵着我的手来到江边，对着江水喊：“鸡进窝了，鸭进栏了，清和啊，你跟妈妈回家啊。”如此不断地喊着，神情悲伤。随后，母亲一面牵我的手走回家，一面一路重复着同样的喊声。来到家后，母亲点了煤油灯，让我站在水缸边上，看着水里自己的影子，母亲则继续对着我的影子一声声呼喊。

同村里大多数人家一样，那时候，我的家里也很穷。如果哪一天母亲到地里劳作，发现萝卜白菜辣椒红薯或其他的作物被人偷了，甚或是家里养的鸡鸭被人偷了，母亲会无比伤心。到了晚上各家都点灯火的时候，母亲必定会同村里大多数妇人一样，摸黑在村里扯着嗓子骂巷，控诉着对偷盗者的愤怒。

而对我来说，最让我心惊的，莫过于母亲认为我不学好时对我的喊叫声。母亲常教育我说：“养儿不读书，不如养个猪，养个猪还能吃肉，还能出几担淤，养儿坏了就白养了。”母亲认为，她和我父亲就是吃了不认识字的亏，才家里贫穷的，因此必须要我好好读书，只有读好书了，长大才能有出息。由此，母亲偏执地规定我，不能看小人书，不能跟不好好读书的孩子一起玩。如果我有冒犯这规矩，或者是母亲亲眼看到，或者是听到，那母亲抓住我就是一顿柴火棍猛打，或把我的衣服掀开，用手指猛夹我的皮肉，而且她自己会激动得捶打自己的胸膛，哭喊着自己命苦，没有养个听话的儿子。从小学以来，我的成绩一直很好，我的屋子里贴满了奖状，因为我总有一个理想，我要为母亲好好读书，不让她喊叫着捶打自己。每有老师来我家家访夸奖我，或者是村里人向我母亲夸她养了个好读书的崽，母亲脸上露出难得欣慰的笑容，那也是我心里最柔和的一抹暖色。

听着母亲的喊声，我一天天长大。大约从我读初中开始，我就很少听到母亲大喊大叫了。后来我相继上高中，上中专，参加工作，成了村里第一个通过高考走出农门的孩子，也一天天远离了母亲。

如今母亲已经去世整整十年了，偶尔我还梦见母亲，依稀听到母亲那急切的喊声从遥远的岁月深处传来。

第一双皮鞋

火车由株洲站转入浙赣线，不用多久就进入了江西省境内，我在浙江与湖南之间来来往往都是走的这条路，都要经过鹰潭车站。而鹰潭两个字，从少年时代起就已印在我的脑海里。每次经过鹰潭，我会不由想起我的二姐和那双皮鞋。

那是 20 世纪 80 年代初，我大约十二岁，冬天里我家建了半栋瓦房，欠下了不少债。为了还债，母亲把我家养了多年的那条大黄毛狗也卖掉了。在卖光了能卖钱的东西后，我家一个亲戚——我满姨外婆的继子仁保舅舅有一天来到了我家，那时节仁保舅舅家所在的村子是桂阳县有名的制作假冒卷烟的地方，几乎家家户户都在干这个生意。仁保舅舅就向我母亲说，可以带我二姐跟他到江西去卖卷烟，他村子里在江西卖卷烟的人很多，生意还不错，尤其是到了年底，生意应该更好做。

听说卖卷烟能挣钱，又是跟亲戚去做生意，母亲自然很放心，毫不犹豫把我家留作来年的稻种也卖掉了，筹了一笔费用，从仁保舅舅村里收购了几大包裹假冒卷烟，让我二姐跟随仁保舅舅去了。

那个冬天我依旧是上学和玩耍。

临近过年的时候，有一天下午，我二姐回来了。她脸上没有喜悦，似乎还不高兴的样子。不过我很高兴，因为二姐从蛇皮袋子里掏出了一双我没见过的鞋子，黑黑的，说是皮鞋，是花了五角钱从江西省鹰潭一个修理皮鞋的摊子上特地买来给我穿的。我当即把一双赤脚穿了进去，在空旷的晒谷场上一个人神气地走来走去，脚下发出嗒嗒的响声。不过，就在自我陶醉时，冷不防鞋子底裂开了大半截，好像一条张着大嘴的草鱼，里面露出几个钉子，这下可把我吓坏了。我赶忙脱下皮鞋报告了二姐，二姐说这皮鞋是别人穿过的旧鞋子，把鞋底的钉子钉一钉就好了。

后来，我是从母亲那里听到了二姐卖卷烟的遭遇，说是在江西鹰潭卖烟时，天气老下雨，盘费花光了，烟却没卖出去多少。等天气好了，上街卖烟，又全被没收了。二姐见烟也没有了，钱没赚到，连本也亏了，就不想活了，几度想跳河寻死，不肯回来。后来是仁保舅舅反复好言相劝，才把二姐从鹰潭带回家。

我穿着二姐买的皮鞋过了年，有时感到鞋子太大，我就在鞋子里垫上一层稻草。不过鞋子老爱张开大嘴，钉子钉多了又扎脚板，还进水。自我神气了一段时日后，就把那双鞋子弃之一旁了。日子一久，那双皮鞋也就不知所踪，或许是被当成垃圾扔了吧。

不过，我至今依然觉得，那是一双令我最感到温暖愉悦和荣耀的鞋子。

风衣飘飘

湘潭的秋天似乎比我的家乡湘南山区要冷很多，风尤其大，这其中的缘故，我那时认为是因了宽阔的湘江就从我们湖南省建筑学校旁边经过。

在学校过完第一个国庆节，身上要穿两件衣服了。一时间，校园里似乎突然盛行了一种时尚：长头发，尖嘴高跟皮鞋，风衣飘飘。这是20世纪80年代末很多所谓“天之骄子”男生们的典型装束，风度翩翩。我也暗暗羡慕着班上这股装束的同学们。

可是，这样的行头对于十八岁的我却不易成为现实。那时，我的父亲已经七十四岁，母亲五十六岁，家里只有三姐还没有出嫁。在湘南偏远农村的这样的家境，我当然没有丝毫奢侈的理由。我在学校每月的开销，全凭家里每月一次汇来的数十元不等的汇款单。而这些汇款，或者是我父亲卖农作物换来的，或者是我三姐从广东打工寄来的，或者就是我母亲从别人家借来的。

我的头发是越来越长了，已经罩住了两耳，甚至搭在了肩膀上，但尖嘴皮鞋和灰白风衣，却依然是一个遥远的梦。不过，我依然不时幻想着实现这个梦想的时刻，而且，心情似乎更为迫切。

有一天中午午休，同宿舍的一个同学脱下尖嘴皮鞋坐在走廊上晒太阳，我试着穿了一下他的尖嘴皮鞋，顿时感觉人也高了很多，仿佛一下子脱胎换骨了，土气全无，洋气十足。这更坚定了我想拥有的欲望，尽管他的皮鞋于我有些逼仄，穿在我的脚上也颇为不适。

经过一段时间的积攒和反复盘算，我最终决定豁出去，买一双皮鞋和一件风衣。学校旁边就有一个国营商店，我已经有意无意去看过多次那里的皮鞋，当我从口袋里把尚有余温的钞票递给售货员时，我立马就拿到了心仪许久的尖嘴皮鞋。回到宿舍，我像做贼一样，把松紧布鞋换下，悄悄穿上了新皮鞋。走路时，皮鞋发出的夸张的“笃笃”声，马上宣告了班上又多了一个正在丢掉土气的男生。

而风衣，却要到距离学校较远的市区商店购买。我记得是一个星期天，一个穿风衣的同学陪我去逛街。我们走了好几家商店，里面有各种大同小异的灰白风衣，引发我阵阵欣喜。可是看看价钱，又立马令我失望。我们走走停停，最终在一家商店，看到有一款风衣，价格在我的预算之内，只是衣领有点显小，我还是满心喜欢。不过，我还是不舍得失去我衣袋里的二三十元钞票，因为那是我的亲人走三十多里小路到镇上邮局，从数百公里外的湘南山区汇过来的。

我沉重地离开了这家商店，和同学一路往学校走，然而那件风衣的影子却始终无法摆脱，让我几回止步欲返。回到学校后，我毅然独自重新走到了市区，毫不犹豫买下了这件风衣。

穿上皮鞋，穿上风衣，我却没有了兴奋感。相反，我的心头仿佛压了一块石头。而且，我的风衣也似乎有些小，当我把扣子扣好，明显感到腰部有些紧了。有一天，一个同学不经意地说，你这件风衣是不是女式的，这让我更加高兴不起来。我悄悄地把风衣脱了，收藏了起来。

我的生活也开始陷入了窘境，不但老乡间的聚餐我要设法躲避，我自己的生活费也要向同学借了。没有办法，我只得写了一封信给家里，大意是说有紧要的事情，赶快给我寄六十元生活费来。我于是开始日日计算着这封信要何时才到家，何时我才能收到汇款单。

秋意是一天天浓了，校园里的树木也纷纷落下黄叶。一天上午，我正在上课，教室的门突然推开了，探进来两张面孔，而且在叫唤着我的名字。我一看，竟然是我的大姐和三姐。我走出了教室，大姐从满是雨点的衣服下面掏出一个卷成一圈的小薄膜袋，拿出六张十元的钞票给我，说妈妈收到我的信后很着急，担心汇款会耽搁了我用钱的时间，就赶紧从村里贷款了这笔钱，让三姐坐火车给我送来，又担心三姐的安全，就要大姐也一起来到了湘潭，我的学校。三姐笑着说，你们学校真大，很漂亮。然后，大姐和三姐说了声我们走了，就走出了教学楼，融入了潇潇的秋雨里。我的眼泪立马就流了下来，无法止住。

放寒假的时候，我把风衣带回了家，送给三姐穿。三姐穿上后，很合身，十分开心。

之后，我再也没有买过风衣，一直到如今。

母亲泪

对于母亲，我最怕的，莫过于她的眼泪。

很小的时候，不知何故，我特别爱哭。有时哭起来就罢不了口，抱着母亲的大腿要死要活地哭个不停，或者在地上没命地打滚，无论母亲怎么哄我，就是哭个没完没了。这样哭得久了，哭得母亲也号啕大哭，手握拳头拼命捶打自己的胸膛："怎么养了你这个冤家啊？日日死人怎么不让我死啊？"母亲痛哭流涕，一把将我推开，说："你再哭，我就要拿把菜刀杀了我自己。"母亲砰然把门关上，把自己闩在屋内。"妈妈你不要杀了自己啊！"我不停地击打着门，一面哭得更加没命了。过了许久，母亲在里面说："赶紧把嘴闭上。"我立刻就闭嘴不哭了，母亲这才开门出来。那时我想，只要妈妈不杀了她自己，我就不哭了，我不想没有妈妈。

当我稍稍长大，我常看见母亲在屋外大土灶烧火煮潲的时候，暗自落泪，或者嘤嘤哭泣。我走过去，挨着母亲坐着。母亲摸摸我的头，哭诉着她的不幸。从那时起，我慢慢知道，母亲在两岁时就失去了她的母亲——我的亲外婆，她从小就饱受了饥寒打骂：下雪的天，她依然打着赤脚走路；过年的时候，从碗里夹了一块肉吃，左上臂因此被继母咬得皮肉几乎要掉了下来；有一回放牛，牛走丢了，她吓得两天两夜躲在稻草堆里不敢回家；在猪栏里她饿得吃猪潲……“崽啊，以后娘死了，你要去拜你大舅妈（我母亲的堂兄媳妇），她在猪栏里偷偷给娘送过饭。”每当这个时候，我也跟着母亲哭起来，一面伸手去抹母亲的眼泪。

我所居住的老宅子里一共有五户人家，满和与我是同年生的老庚，我们经常玩着玩着就吵架了，这个时候，满和常常以兄弟多为由来骂我：“我家里死了我一个崽，还有四个崽，你家就你一个崽，死了就完了。”这让我的母亲十分伤心，她把我拉进屋，靠着墙默默流泪。我是后来才从我母亲嘴里知道我原来曾有过那么多哥哥和姐姐：母亲一共生了十一个孩子，最后只有我三个姐姐和我活下来。母亲常拭泪念叨我的一个十分聪明的哥哥：“八个月的时候就会叫娘，能从外面扶着墙回家了，那年喘气，吃了第一剂草药，哭不出声了，第二剂吃下去，腿蹬了几下就死了。”很多时候，母亲看到那些与我夭折的哥哥们年龄相仿的同村人，她会不自觉地叹气流泪：“要不是我八字苦，我那几个崽也这么大了。”

贫寒和多忧，使得母亲的脸上很少露出会心的笑容。不过我上学后，母亲的笑容慢慢多了起来，而眼泪似乎渐渐少了。每当老师来家访时夸奖我，尤其是每个学期放学我都能拿到奖状，是母亲脸上最舒畅的时候。我那时有一个理想，就是要为母亲好好读书，让母亲的脸上多一些笑容，少让母亲流泪。

有一次，村里一个老人死了，我去看热闹，我看见那人的脸上捂着一本书，我兴冲冲跑回家对母亲说：“妈妈，你以后死了，我也要写一本书盖在你脸上。”母亲显得很开心，我也十分高兴。

以后我没有辜负我的理想，我一直努力学习着，把我村里的同龄人都远远甩在了后面，最后只有我一个人参加并顺利通过了高考。我也从此渐渐远离了家乡和母亲，与母亲相处的日子越来越少。当我每次去远方求学或者返回工作单位，母亲总是要把我送到村北的祠堂边，我说妈妈您回去吧，她就强装笑颜说："反正我也没什么事，你去吧。"当我再度回首，母亲已经在扯着衣角拭泪。

2000年，我的诗集由作家出版社出版。不曾想，仅仅一年多之后，我就用我的这本书盖在了母亲的脸上。书里，写有我对母亲的思念和牵挂，而书的封面，滴落了我点点泪水。我也遵照母亲生前的嘱托，重重地跪在我大舅妈的面前，感谢她当年在猪栏里送饭给我母亲吃的大恩。我的泪再次滚滚滴落，不可收拾。

夹　菜

“床上教妻，席上教子。”在我小时候，父母经常把这句话挂在嘴边。尤其是我也能跟随父母上酒席场中可以落座时，这话似乎说得更勤了。我也慢慢懂得了其中许多规矩，比如说，“坐有坐相，恰（吃）有恰相”，尽管八仙桌十分高大，我坐在长凳上时双腿还在半空晃荡，但也得端正坐着，不得乱动，不得多言，而且只能坐在边席的下角，上席和下席是千万不能坐的——那是长辈们坐的地方，而且父子不对席相坐。上菜的时候，要等长辈先夹菜了，最后自己才能夹菜，每个菜碗里只能夹自己这边的菜，不能夹别人那边的菜。更不得左一下右一下在菜碗里翻动，我父亲很形象地说，这样像“钻山机”一样夹菜的方式，是最令人讨嫌的，会被人骂没家教。还有，夹菜的时候每次要夹少一点，同时要用调羹接着，以免汤水掉在桌上和别的菜碗里。吃的时候，也要斯斯文文，不要一把塞进嘴里，两腮帮子鼓着“猴子包”。吃酒席的过程中，长辈要吃饭了喝茶了，要赶紧放下碗筷，去给长辈打饭端茶。即便自己吃完了，也要坐着等长辈吃完再走，万一要先走，必须笑着称呼一下长辈们，然后打声招呼："你们慢恰（吃）啊。"

酒席场中的规矩如此之多，我也渐渐懂得了这些基本的礼仪。在父母的耳濡目染之下，我甚至还爱上了给客人夹菜。我的父母是十分好客的人，我父亲爱喝点自酿的红薯酒，我母亲做的菜肴又十分可口。每逢来了客人，比如，我的老师来家访了，我的满姨外婆来了，我的舅舅来了，我的大姐夫来了，或者其他的客人来了，我的母亲会倾其所能，拿出那些平素不舍得吃的干鱼干泥鳅、过年攒下的腌油豆腐腌猪肉，或者杀一只鸡、煎几个蛋，好饭好酒招待。当菜肴摆上桌，酒饭开始了，我们都坐着吃，唯独母亲一人总是站在桌边，满脸堆笑，不时地劝客人夹菜："来，夹起，夹起那点好的哎。"然后母亲就另外拿一双干净的筷子从菜碗里挑了上好的一块，夹起来放在客人的调羹里或者碗里，有时怕客人讲客套推辞，母亲还要夹了好菜按进客人的饭里面粘上饭粒。我的父亲也在一旁不住地劝酒劝菜："来，恰（吃）深点子，夹起那点好的哎。"很多时候，我也加入夹菜的行列，客人刚把好菜吃下，我马上又给夹一块，看客人一块一块把好菜吃光了，我感到十分开心。

不过，毕竟吃好菜的日子在一年之中屈指可数，大多数时候，我们都是吃蔬菜下饭，有时连饭都吃不上，就吃红薯汤土豆汤干菜汤，没有油水烧光锅的日子也十分寻常。因此，偶尔村里老人去世了办白喜事，也是我们姐弟开荤的日子。村里的习俗，老人去世前，一般人家都会去看望，或称一斤肉，或称半斤糖，或拿几个鸡蛋鸭蛋。当老人去世了，在出殡前一晚的白喜事酒席上，主家会邀请吃一餐看饭，每个看望过老人的家庭一人上席，一般都是家庭主妇。每到这时，这些主妇们都会从家里带一个大搪瓷口杯，或者一个青花大碗，每上一个菜，一席的主妇就把菜均匀分了，装进各自的口杯或大碗，她们则吃点汤汤水水，以吃饱饭为主。当母亲端着满满的一大口杯收获回家，就是我们笑逐颜开的时候。我和姐姐，还有父亲，一同分享着难得的美味：一夹豆芽粉丝烩菜，一块肥扣肉，一块油炸鱼，一个精肉圆子，甚至一点菜汤。在如豆的煤油灯下，这是世间最幸福的时刻。

斗转星移，物是人非，故乡在不断地变化着模样，不变的是那依然爱给客人夹菜劝酒的习俗和温情。当我每次回到阔别已久的故乡，在我堂兄家里，或者邻居的家里，每到上席吃饭喝酒时，耳边依然不断响起那些熟悉的声音："来，恰（吃）深点子哎，夹起那点好的哎。"

油锅哗哗响

当村里村外飘荡着新茶油的芳香，当青石板巷子里家家户户的窗户传出来油锅哗哗的响声，不消说，是临近过年的日子来了。

上油锅的日子，是母亲一年中最繁忙的时候。到臼屋里捣米粉，到隆书驼子的豆腐坊里推豆腐，到磨坊里磨米浆，到老井边洗肉剖鱼，到水圳边洗红薯洗萝卜，母亲一双皴裂的粗手整天忙个不停。之后，母亲像变了戏法，将米粉加点糖或者糖精，经过一番蒸煮揉搓切，成了一根根白手指模样的兰花根（一种油炸食品），或者像镂空的手掌一样的套环，或者薄薄的花片；方整整白嫩嫩的豆腐放在簸箕里晾着，预备炸成油豆腐；米浆里放一点黑芝麻，或者花生米，用来炸油糍粑；大块的肉在大瓦罐里熬烂到能轻易插进竹筷，抹上酱油水，用来炸扣肉；把精肉剁碎揉成团，在米浆里过一下，做油炸肉丸子；鱼则切成条，和上米浆，做油炸鱼；红薯切成片，萝卜切成丝，炸红薯丁和萝卜丸子。

当一件件事情预备妥当，母亲一般会在晚饭后重新添一灶新炭火，架上洗干净的大油锅，把装有新茶油的油瓮从房里床底下端了出来。

新炭火燃得旺旺，探出蓝色的火舌，母亲的脸上荡着笑容。这是母亲最感到神圣的时刻，她首先就会给我们打招呼：“坐着不乱动，不要乱讲话。”一面在堂屋的神台上恭敬地点上香火。

新茶油倒入油锅，一股芳香顿时弥漫开来。我们姐弟和我父亲都正襟危坐围着灶台烤火，逼仄的屋子里充满了暖意，灯火也似乎格外明亮。当油锅里渐渐沸腾的时候，母亲又开始讲那个关于油王爷的故事。说是某一个穷人家，只有一饭碗茶油，上油锅的时候，油王爷来了，锅里的茶油不停地翻滚上涨，穷人从锅里舀出来好几瓮茶油，过了个好年。每逢听了这个故事，我就十分盼望油王爷也来我家。

油锅里的白沫渐渐消失了，新茶油红了，无声地沸腾，这才是炸年货顶好的火候。炸年货的顺序也有讲究，先是炸兰花根、套环、花片、油糍粑、红薯丁、萝卜丸子，之后才炸油豆腐和扣肉。鱼有腥味，要放在最后炸，而且炸鱼之前还要舀出一些油来，以免都染上腥味。

为了安抚我们的嘴巴，母亲一般总是先炸油糍粑。油糍粑有几种花样，舀一勺子米浆放在油糍粑灯盏里摇匀，放几粒花生米，往油锅里一炸，不一会油面上就浮起来一块块圆圆的花生油糍粑，黄澄澄，喷喷香；放点芝麻，就是芝麻油糍粑；大多数还是光板油糍粑，米浆里除了放点盐，什么也不添加，炸出来薄如脆纸。不过最好吃的当然还是蓬油糍粑，油糍粑灯盏里摇匀一层米浆后，再铺上一层切碎的葱蒜和肉泥，之后再盖上一层米浆，这样炸出来的蓬油糍粑蓬松软和，咬入嘴里口齿留香。可惜这样的美味，也就一年才能吃上一次，而且为数寥寥。

吃着蓬油糍粑，我父亲给我们讲过一个故事，也是关于一个穷人家的。说是除夕那天，穷人才从一个屠户处赊来一个卖剩下的猪头，一番刮毛清洗之后，穷人架起锅子焖煮猪头，一家老小闻着猪头的香味垂涎欲滴。就在此时，屠户来了，说有人拿现钱要买这个猪头。不容穷人求情，硬是从锅子里捞出猪头走了。穷人跪对上苍，咬泥发狠地说：“可怜可怜真可怜，焖烂猪头要现钱。他年时运转，天天如过年！”几年后，穷人果真时来运转，做了员外，过上了有饭吃有肉吃有鱼吃的天天如过年的日子。

吃过油糍粑，听过父母的故事，我们怀着满足和故事里穷人同样的期待，爬上床进入梦乡。只有母亲一个人仍在忙碌着，伴着油锅哗哗的响声，直到天明。当我们第二天醒来，各种香喷喷的油炸年货已经摆满了簸箕，装满了瓦瓮和瓦钵。

一个快乐的新年，又一天近了，近了。

铜茶壶

母亲身边最值钱，并且陪伴她度过大半辈子的用具，要数那把铜茶壶。

铜茶壶的造型十分漂亮：平底，鼓腹，环状提手，壶嘴呈流线型，圆圆的壶盖上正中央镶嵌一粒金瓜，全用黄铜手工打造而成，并且在壶的颈部刻有父亲的名字。母亲非常满意这把铜茶壶，据说制成时除招待匠人酒饭外，还花了几担谷子的代价。

饮茶的习惯已经融入母亲的血液，一年三百六十五天她每天起床的第一件事就是烧火泡茶。母亲泡茶也很讲究，隔夜的剩茶，无论多少，她都要倒掉。在用铁鼎罐烧水的同时，母亲要先后用清水和沸水把铜茶壶涮洗两遍，然后放入自制的茶叶，再用竹筒勺子舀沸水灌满茶壶，盖上壶盖。为防止茶水变凉，母亲还要把一壶滚茶放在灶台的火边烤着，或者放在灶膛口的火上煨着。

当母亲梳头洗漱完毕，我们也洗漱停当，母亲已在灶台前的案桌上插上吃饭喝茶用的接手板，端上刚从瓮里掏出来的腌菜，比如酱大头萝卜、辣酱藠头、腌豆角之类。若是冬天，当然还免不了焖熟的红薯。奢侈的日子，还有炒花生、煨烫皮，甚至过年剩下的兰花根。此时，一家人围灶台而坐，每个人的碗里都筛满金黄透亮的热茶，饮茶嚼物，其乐融融。一天的生计，自兹而始。

母亲喝茶的量大，而且必定滚烫，即便三伏的酷暑也不例外。每次喝茶，她必定一碗一碗地喝个痛快，喝得茶水“呼呼”作响。如果哪天母亲喝茶少了，不香了，必定是母亲病了。母亲病了，也从不吃药打针，按她的话说是“阴阴糊糊几天就好了”，其实是母亲怕花钱。她治疗自己的病一般是自己在颈脖上夹痧，或者叫我们给她背上刮痧，然后泡一铜茶壶滚烫的热茶喝。每餐我们吃饭的时候，也正是母亲或坐或站喝茶的时候。有时看甑里饭少，母亲会跟我们打招呼：“我已经喝茶饱了，你们把饭都吃了。”然后，继续一碗一碗“呼呼”地喝她的浓茶。

家里的茶叶，也全部是母亲亲自采摘和制作。母亲的茶叶有四种类型：一种是正茶，她要去五六里路远的西冲茶山去采摘茶叶，然后自己杀青揉搓，晒成干茶；其二是枫树叶茶，每年初春，村后的山上枫树长出粉红的嫩叶，母亲要提竹箩筐采来不少。枫树叶茶还是止泻的良药，尤其是生了虫屎的老枫树叶茶，效果更好；再一种就是混合叶茶，是母亲在春夏之交从田间地头割来的各种草木的叶子，混在一起晒干就成，盛夏泡茶是解暑的良方；还有野菊花茶，每年秋冬，村里村外，原野山间，到处开满黄色的野菊花，采来晒干即可，泡成茶水，金黄透亮，芳香四溢，虽有点苦味，但母亲说就是靠它来清肝明目。

客人来了，或者乡邻相访，母亲多是以正茶相待。母亲是个好茶的人，又讲待客的礼数，她必定把铜茶壶重新涮洗，从篾茶篓里掏出正茶泡一壶新茶。佐茶的东西，母亲或者煨三五块烫皮，或者炒点黄豆豌豆花生之类，甚至炒一点高粱麦子，都是自产的物品，尽管简单，也是上心上意。茶是一道道地劝，也是一遍遍地煨，更是一层层地浓，近了亲情，暖了乡音。

母亲有严重的胃病，估计与饮茶的习惯也有一定关系。有时我们把菜吃完了，母亲就在饭碗里倒入滚茶，草草吃了。即便夏日隔夜的馊饭，母亲也从不舍得倒掉，用滚茶冲洗一番，自己吃下。母亲犯胃病的时候，脸面痛得扭曲难忍，常要用吹火的竹筒紧抵心窝，许久才能缓过神色。之后，她又是提着铜茶壶煨茶，一碗一碗“呼呼”地喝。

铜茶壶用久了，就会形容暗淡。母亲就从灶台灰坑里掏出柴灰，掺上水，将铜茶壶里里外外擦拭几遍，再用清水冲洗干净。顿时，一把金光夺目的铜茶壶又焕然一新。

老　屋

如果人生能够重新选择，或者真的还有来世，我想，我依然愿意出生在这个贫寒之家——两间漆黑的老瓦屋里。

我家老屋在大厅屋最里面的一个角落，朝南开着一扇小门，在门外的一角墙上，贴着大大小小的许多奖状，是大厅屋斑驳的黑墙上最亮眼的颜色，也是我母亲脸上常荡满微笑和荣光的来源。门框门页已被岁月浸得透黑，要是刚从太阳底下回来，推门进屋时，眼前一片黑暗，待缓过一阵，才依稀在西墙小木窗透进来的日光下，渐渐不甚分明地看见逼仄屋里简单的陈设：中央一个方形的大砖灶头差不多占了一半的地面，灶头上有两个圆形灶口，一大一小，搁着铁鼎罐和铁锅子。灶头的后端，紧靠着一张长条形的笨重木桌，高出灶头一两尺。南墙和西墙下，各放了一条宽板长凳，状同木匠的曲尺，与灶头间仅容坐下屈膝的距离。门后的角落立着一块又长又宽的木板，暗红的面漆已经多处剥落，喝茶吃饭的时候，将这木板插在灶桌二指宽的长缝隙里，悬空在灶头之上，就替代了饭桌的功能。进门的右手边是一口大瓦水缸，上宽下仄，像一个站立的陀螺，装了半缸井水，缸口靠墙搁了一块小木板，放着大小两只长把竹筒水勺。旁边一个高大的木碗柜分了三层，上层有两扇柜门，用来装剩饭剩菜或其他需要妥善保存的食物；中层有一道能左右推动的木栅栏，里面放置碗筷；下层是一块宽木板，堆着一应什物。四围墙体和物件触眼俱黑，楼板木梁更甚，常有乌墨油脂滴落下来，滴在乌黑的灶头上和长年阴湿的黑泥地面上。

这间屋子是我们一家人生活起居的主要场所，喝水泡茶，煮饭煮菜，收筷洗碗，烤火取暖，一日三餐全在这里。到了晚上，全家人劳动一天回到家里，屋里点了一盏用墨水瓶子制成的煤油灯盏，母亲烧着柴火煮饭煮菜，在昏黄的灯光和火光下，黑色的墙壁和楼板闪着油光。父亲坐在长凳上掏出短烟筒吸土烟，姐姐们或坐或帮着母亲刷刷洗洗，我就双膝跪地，趴在西墙下的长凳上写作业，屁股紧挨着灶头壁。这个时候，我可以把煤油灯盏端到我的面前，在浓浓的煤油味道和长长的油烟尾子下，把老师布置的每项家庭作业都一丝不苟地完成。在整个小学阶段，我的成绩一直在班上名列前茅，为此，我的语文和数学老师经常晚间来村里家访时，往往要来我家坐坐。在老师的夸奖声里，我的母亲父亲笑逐颜开，总要泡上热茶热酒，煨烫皮炒花生，做三两个下酒菜倾情以待。

灶桌后三两步远就是隔墙，旁开一道小门，平素的日子，这道门一直敞开着，以便里屋北窗的光线照进来，补充前屋的亮度。里屋的南墙和东墙紧挨着开了两铺丁字床，床下两端各一条床凳，床板就搁在床凳上，上面再铺上干稻草和草席。枕头也是用一捆梳掉叶子的干稻草扎制，像一根枯黄的圆木，在每个床头的席子下面各放一个。床上靠墙各挂了一根溜光的竹篙子，一家人日常穿用的补丁衣裤就胡乱摊在篙子上。被子面是染成蓝色的粗糙麻布，已缝了多重补丁，里面塞着旧棉絮。尽管我在学习成绩上很有优越感，但我一直有遗尿的毛病，晚上睡觉之前，我常在姐姐们的奚落和笑话中，自己从床上抱来湿被子让母亲烘烤，一股尿骚味顿时随着滚滚热气在屋里弥漫开来，让我很没面子。

里屋西墙的中央开了一扇侧门，通往外面的青石板巷子，盛夏的正午，这扇门敞开着，凉风呼呼地吹进来，又亮堂又凉爽。饭后我们有时就这样躺在床上躲避酷暑，任凭自家的别家的狗在屋子里进进出出，任凭巷子里人来人往鸟飞鸡鸣，任凭阳光一寸一寸地照进门来。侧门处靠墙有一架结实的木板楼梯通往楼上，楼梯下斜角落里是两只高大的木淤桶，到了晚上关门闭户，一家人哗哗地在这里拉尿，空气里的浊臭要很久方能从鼻孔里消失。但这并不影响我们酣然入睡，相反，很多时候，我夜里被母亲叫醒起来撒尿时，两眼迷糊得分不清东南西北，把尿撒在床边或者墙壁上十分寻常。

楼上比楼下要明亮多了，这得益于屋顶的两处明瓦和西墙一个四方形敞口晒楼。楼梯口的一旁也安放了一张木板床，是我姐姐睡觉的地方。此外还摆放了几个装衣被的旧木柜，几个装红薯烧酒的瓦酒瓮，几个腌咸菜酸菜的瓦坛子。谷廒在前屋的正上方，与楼板钉为一体，那时比我胸口还高。收割的日子，谷子在禾场上晒干后，我们用谷箩筐挑到里屋，父亲就双脚跨开站在楼梯口的木板上，从楼上放下一条手臂粗的麻绳来，下端打一个比拳头还大的大结，我们将谷箩筐的棕绳套在大结上，父亲就用力把一箩筐一箩筐的谷子扯上去倒入谷廒，这也是我们一家人全年生活的保障。到了砻米或碾米的日子，父亲再把谷子用谷箩筐小心地放下来。

楼上还有几个瓦瓮，用来装花生、豆子、红薯皮、烫皮之类干物，有的瓮里面还放了一些生石灰坯子以防潮气。过年的日子，瓦瓮里的食品就更多了，饼子、糖块、油炸鱼、油炸肉丸子、油炸兰花根、油炸套环、油糍粑等，全是我们姐弟的最爱。上楼偷吃这些东西，也就不可避免。母亲为了防范我们，常做了记号，然而瓦瓮里终究是慢慢空了，谁叫我们那时候肚子里就好像从来没有饱过一样呢？我们为此常担心被母亲责骂，可是母亲从来不曾认真骂过我们姐弟，有时只是嗔怪着说，早就知道我们一直在偷吃。

我上初中那年，家里在村子南面建了半栋新瓦房，比老屋宽敞多了，我们从此便搬离了老屋，老屋沉寂了下来，变得空空荡荡。多年以后，父亲从村里打电话给我，说村里有人想买我家的老屋，问我卖不卖。我告诉父亲，这老屋坚决不卖。

父母如今又过世多年了，老屋依然还在，比以前愈加空荡和破旧，但我依然不卖，至少我这一辈子，我是不会卖它的，而且每年我都会抽出时间去看看我的老屋。

就让这两间老屋，依旧在岁月里矗立，慢慢安享它的天年吧。

童 运

每个人都有童运，或者长，或者短，这是母亲告诉我的。母亲说，我是冬水田里的鱼崽崽，是枯藤尾子上的秋南瓜，是我父亲修路架桥修来的，是她在观音菩萨面前苦苦求来的，所以童运长，病痛也多。

母亲生下我的时候，将近四十岁了，还没高兴几个月，我的脖子上就长了一个包，说是生疡子（可能是淋巴结核）。这个疡子越长越大，我的哭闹也越来越频繁，无论日夜。母亲慌了神，求医问药，卜卦烧香，又请村子宗祠里的天慧老和尚念了口诀划了水，然而疡子却继续疯长，大得吓人，像一个皮球塞在我的头肩之间，每天睡觉也只能侧着身子。这个疡子长了两年零三个月，母亲实在没有了办法，只得听天由命，命短命长凭我的造化了。母亲后来多次告诉我，也许合该是我这病痛要有转机了。有一天，家里的一只老公鸡发瘟病死了，她把公鸡宰割煮熟后放在碗柜里藏了起来。等她做事回来时，发现鸡腿不见了，一问，是我站在板凳上偷拿着吃了。那天晚上，我浑身发热，疡子更是成了一个烫手的包子，我哭闹一夜没睡。第二天，母亲发现我疡子的顶部有一个黄色的脓包，用针一挑开，一包腥臭的脓顿时涌了出来，足足接了一饭碗。

母亲说，她索性把剩下的公鸡肉也给我吃了，那疡子又流了一些脓血，以后竟然痊愈了，留下一个大疤。

村子的前面有几口大池塘，塘岸边长着很多大树，有垂柳、苦楝、翠柏，水面宽阔，清波粼粼。母亲说，我三四岁的时候，有一次掉进深水池塘里去了，是村里大人发现了，才把我捞了上来。当时我的父母都在地里干活，听到这个消息，感觉天都要塌了。我父亲丢下锄头就没命地跑，一个脚趾踢断了不停地流血都不知道。这件事，我一点印象都没有。母亲说，要不是发现得早，我就没命了。不过，我却清晰记得，曾经有一回，看见有村里的小伙伴被大人从池塘里捞上来，软软的身子躺在柏树下，有人拿来一口大铁锅罩在地上，提了那不省人事的伙伴，肚子俯扣在锅子的圆底上，头脚耷拉着，以便让他呕吐出喝进去的池水。

曾经有一段岁月，我总是病恹恹地在母亲的背上趴着，母亲背着我穿过村前的稻田，沿着江边到两三里路外的羊乌嘴村去抓中药。回到家里，母亲把我放在门槛上坐着，她就找出那个熬药的砂罐子烧火熬药。不一会，一碗黑汤药端在我的面前，我半哼半哭喝一小口就不肯再喝那苦药，母亲就找来一块黑乎乎的绷硬砂糖，要我喝一大口就咬一点砂糖，一面愁着眉不住地哄我："崽啊，吃完药就好了，吃吧。"

没病灾的日子，我是村里的飞天蜈蚣，打架是出了名的，哪里有了孩子的哭闹，到头来大约多半有我的份。最终那孩子被他的母亲带来我家上门讨理，我的母亲便把我一顿臭骂，有时还打我几个巴掌，然后赔笑赔不是，还要拿一个盘子装一点花生瓜子之类塞进那仍在啼哭孩子的衣兜裤兜里。有一次，我和几个伙伴又在村前的朝门口追逐打闹，我被压在最下面，上面人叠着人，我突然感觉手臂一痛，就大哭起来。母亲赶来看时，我左手前臂骨头断成了两截。

母亲请了羊乌嘴村的草药郎中黑朵来看我的手，那些日子，我的手臂上了夹板，敷了一层黑乎乎的草药，用一块布条斜吊在肩膀上。自然，我的起居饮食，母亲又得格外操心。黑朵郎中隔三两天扯了一大堆新鲜草叶来，每次让我母亲嚼烂了给我重新敷上。而后，我父母亲要尽量弄些好酒饭款待郎中，哪怕自己少吃不吃，也要让郎中尽情吃饱喝足。母亲说，每次嚼药后，口苦得吃不下饭。黑朵郎中的药也很管用，我渐渐感觉敷药的手臂发痒得难受，郎中说是断骨头快接合好了。一两个月后，村里一个老人死了，发丧的那天，我提着手臂挤到人堆里观看，不曾想，手臂一阵剧痛，又断了。母亲捶胸顿足，但也无法，只得又请了黑朵郎中来，重新给我接上断臂。好在我的手臂终于好了，也没留下任何残疾。

开蒙上学后，我的身体慢慢好了，除了常年鼻涕不断，感冒发烧也渐渐少了。捉泥鳅抓鱼，捡柴割草，杀禾挖薯，剁猪草，打野蜂，一年之中，不是手指被剁伤割伤，就是脚板底被划破刺伤，或者手臂脸面被蜂蜇得像个包子馒头，或者腿杆子摔得皮破血流，或者被村里生崽的母狗咬伤腿脚，已经都是小菜一碟，十分寻常。母亲照例是心痛一番，却也没法子。

大约我十三岁的那年，因为春夏的几场大洪水，村前江上的木桥被冲走了一节桥板，只剩下对岸到桥中央的两节，常有人回村时不想绕道，便从断桥处一个箭步凌空跳下岸来。当有一天，我随同伴之后从桥上跳下时，咔嚓一声，左小腿中央的骨头断成了两截，我瘫坐在岸上站不起来，痛得大哭。母亲闻讯赶来，将我背回家。之后，又是黑朵郎中把我的腿治好，我的母亲依旧嚼着苦若黄连的草药。这也是我漫长童运的最后一劫。

母亲一生生了十一个孩子，最后长大成人的只有三个姐姐和最小的我，每个儿女或长或短的童运让她赔尽了眼泪。在穷乡僻壤，在贫寒之家，我们竟然能存活下来，不要说是实不容易，简直就是奇迹。

其实，童运是每个人成长中必然经历的过程，那是一棵弱苗与环境、与疾病、与险恶的艰难搏斗，是所有父亲心头的战战兢兢，是天下每一个母亲眼中的串串泪水。

半栋瓦房

有一天夜里，吃了夜饭后，昏黄的电灯下，父亲坐在墙角，吸了几口短烟筒里一红一暗的土烟后，开腔了，又把准备批地建房的打算提上了议程。全家人顿时兴奋起来，我也刚好趴在长凳上写完作业。一番热烈讨论后，父亲做出决定，事不宜迟，赶紧向生产队写报告。这项任务自然落在了我的头上，其时，大姐已出嫁多年了，二姐三姐都不读书了，父母一个字不认识，就我是个刚读完小学的知识分子。纸笔都是现成的，作业簿子还没收起，钢笔也有墨水。在父母姐姐们的集体指导下，我满怀使命和憧憬，以父亲的名义，写下了生平第一份报告。如下：

申请书

因我家现居房屋只有两间，子女成年实难容身，拟在本队禾场脚下建造住宿一所。一定要批一分余田为基地，才能顺利建房。特请上级批示！

羊午大队第九生产队社员黄观成

1981 年 9 月 21 日

报告写成后，当即从簿子上撕下了这张纸交给了我的父亲。其时我的父亲早就相中了一块宅基地，在村子南边饲养场旁边一丘小水田，东西朝向，前临水圳和田野，后靠土坎和菜园，北面是一口池塘，周边开阔无遮挡。早几天，我父亲就砍了杉木桩打在了这丘小水田的四角，以示这块地已有所属，他人不能占领，这也是村上建房择地的习俗。

这份报告第二天就由我父母拿到生产队管事的人家里盖了章，签了同意建房的意见。第三天，大队也签字盖章批准了。

于是，建房这件最浩大的工程，就在这个贫寒的五口之家正式启动了。

父亲规划建一栋四缝屋，这也是我们当地一种典型的房屋式样，长方形，状如凹字，四道纵墙分隔三个开间，中间宽，为厅屋，两边为对称的居室，又各隔成前后两间。厅屋大门口安放一对石墩，正对门的厅屋内墙中央镶嵌有木框神台，神台后面是左右两间小耳房，所有房间的木门均开向厅屋。这样的四缝屋，木楼板隔成两层，红砖墙，黑青瓦，人字屋顶，两端山墙上建有翘角盖瓦的马头墙。

不久，家里择了好日子，请来泥匠金德杀鸡敬神放鞭炮，定了大门的朝向和各道墙基的线槽，随后就是请人在水田里挖基槽。因父亲决定将房屋的平面高出水圳边的石板路面一个台阶，所需砌筑的基础石方非常大，所以这年的秋冬，全家人几乎都到村后的油茶山挖石头抬石头，不时也请一些帮工。到春节前，建好了基础，平整了场地。

父母开始盘算节约每一分钱，能自己用力的，就绝不花钱花粮请人。我的二姐便成天跟随村里人走几十里山路去西河边买杉木，背回家后，等到赶圩的日子，再走十几里山路背到圩场去卖了，饿着肚子赚几块几角钱差价，然后用积攒的差价又去买杉木，背回家，作为建房的檩木。在差不多一年的时间里，矮瘦的二姐就不断周而复始重复着这个连健壮男子都难以承受的力气活，家里的杉木也一根根多了起来。三姐那时还背不动树，就整天扯猪草捡柴喂猪，父母也是没日没夜在田里土里山里劳作，尽最大的努力多流些汗水，多换些谷物豆子红薯油茶的丰收。嘴里能省的、身上能省的自然更要节省：鸡蛋，卖了；花生，卖了；豆子，卖了；薯酒，卖了；茶油，卖了；猪肉，卖了！全家人原本就难得几年才添置一件衣服，一双鞋袜，现在更是念头都不会有了。所有一切的节省，换得从几里路外的瓦场买来的一片片瓦，从十几里路外圩场买来的一个个门框和木窗，一块块楼板和椽子。

第二年盛夏暑假，在收割早稻并插上晚稻秧苗后，我家在宅基地前面水圳下的一处秧田挖泥打土砖坯子，这也是母亲的主意，用土砖砌内墙，可以减少火砖的用量，节省钱。那段日子，太阳如火，我穿一条短裤，赤膊在挖好的砖泥里踩踏剁碎的干稻草，反反复复，直到稻草与砖泥揉为均匀的一体，变得黏糊劲道，这项工作原本该是用老水牛来完成。把踩好的砖泥挑到禾场上打成一坨坨方方正正的土砖后，秧田成了一个长方形的大深坑，也成了我家日后养鱼的小池塘。

大姐家所在的小村就在我家村子的对面，中间仅隔了一垄田和一条江，我平素奉了母亲的吩咐喊她一家人来我家吃饭时，只要站在村头的石板路上扯开喉咙大喊，她就能听到出门来应答。那时候，大姐家刚烧了火砖窑，像碉堡一样，矗立在她家旁边的园土里，原本想建一个小房子，因孩子还小，也不急于建。姐夫大姐与我父母一合计，先把砖窑的火砖借给我家建了房，日后再还他们。

这样，我父母的压力又减轻了很多，一鼓劲，就在冬天买了一批做梁木的杉木，请村里的一批精壮男子从几十里路外的西河边背了来。又挖了泥沙，买了生石灰坯子。还备办了做酒席的干菜湿菜、酱醋盐油、烟酒诸物。而后挑了吉日，宰了大猪，请了村里的众多工匠劳力和厨房帮手，正式动工建房。因火砖的数量少，家里也一时半会儿拿不出更多的钱来购买材料，决定暂时不建南面那个开间的两间居室，说等我日后长大了挣了钱再建。四五日功夫，半栋瓦房的主体就建成了。落成的时候，为头的泥匠师傅金德，带了一班泥匠木匠，站在屋栋上唱段子，丢盐茶米，举行神圣的仪式，村中男女老幼绕屋而观，笑容盈面。当金德师傅往房屋内各处抛撒糖果花生时，顿时人群激动，尤其是孩子，喊着笑着冲进屋内在地面上捡拾，人气兴旺。我的父母更是笑开了花，这是他们这辈子最大的一项事业，原本是做梦也不曾想到的。

春节来临之前，在一个晴朗的冬日，我们一家搬进了新居。瓦房简朴而明亮，门前水圳流水潺潺，田野广阔，江流宛转，青山逶迤。大门口不时响起哔哔剥剥的爆竹声，是村里的亲属和昔日的邻居纷纷前来贺喜，红色的爆竹纸屑散了一地，空气里腾起蓝色的硝烟，每张脸上都写满笑意和祝福。

母亲的搓线瓦

2001年门前橘子花开的时候，母亲去世了，不经意间，已经过去十三年。这期间，沧海桑田，原先居住的那半栋瓦房，连同门前的小溪、池塘和橘子树，也早已夷为平地，成了高速铁路桥墩下的荒草空坪，再也寻不了一点旧时的踪影。

母亲本是一个朴素的人，又一向家境寒微，去世时那些穿过的旧衣物，连同她睡过的席子被褥，我们已经按照村里的风俗，一同在江边的一阵烟火中化去了。待到瓦房拆迁的时候，父亲也已离世，那些残旧的坛坛罐罐及家什用具，或损或丢，或拿或送，经过几场风雨霜雪，也已杳然无痕。如今能够睹物思人的，除了那把铜茶壶，也就只有母亲的搓线瓦了。

母亲的搓线瓦是一片特制的粗糙青瓦，凸面刻着朴拙的树枝和树叶，四角各为“劳动幸福”中的一个字。凹面刻着“运莲”“方成”四字，分别是我母亲和我舅舅的名字。瓦的两侧边缘中央，对称钻有一对小圆孔。今年春节，我到舅舅家拜年的时候，曾专门问起这块搓线瓦的缘由。舅舅告诉我，那是 20 世纪 60 年代初在生产队烧砖瓦窑的时候，特地为他的姐姐我的母亲制作的，那时我还没有出生。

记忆中有一片苎麻地。过了村前的石桥，沿着江边的石板路，穿过田野，再逆着一条溪水上行，溪的两岸是红壤的旱土和油茶山，那片苎麻地就在溪的北岸。一年里，周边的旱土随着季节不断变换着色彩和作物，金黄的麦子，碧绿的花生和红薯，唯独这片苎麻地，似乎年复一年不需要翻垦，每年都齐刷刷地一轮一轮长出一大片密密麻麻的苎麻来。苎麻长有半个人高的时候，我们是不敢到那里面去玩的，据说时常隐藏有很多蛇。只是在南风呼呼的夏日晴空，看着苎麻地哗啦啦作响的叶浪，一会儿碧绿，一会儿雪白，幼小的心境竟也感到十分欢愉。

苎麻长到差不多成人高的时候，打苎麻的日子到了。全家人出动，到苎麻地里砍苎麻，每人一把镰刀，把一根根圆圆笔直的青色的苎麻秆子齐蔸割下，砍去顶端的枝叶。一捆捆苎麻挑回家，在浸泡一段时间之后，剥皮、刮皮、晒皮、搓线等一系列需要精巧手工的活计就全凭母亲一双手了。

我的脑海里永远刻着一幅清晰的画面：在厅屋里，或者门口的石板巷子里，母亲低着头，坐在一张小矮凳上，右脚裤腿卷到大腿上，露出一条光腿来，拿了那块搓线瓦盖在膝盖骨的位置，左手从旁边的篮子里抽出干苎麻丝放在搓线瓦上，右手张开五指，在瓦上不停搓着，面前一根粗细均匀的苎麻线不断延长，垂下来，一圈一圈在脚下的簸箕里重重叠加。

搓好的苎麻线，母亲一束束整理好，之后和了木柴灰在大锅子里煮沸，捞出来，在水圳边用木槌捣击漂洗后，挂在竹篙子上晒干。赶圩的日子，母亲用竹篮子挑了苎麻线去卖，换得一些钱来，或者油盐酱醋日用的物品。剩下的苎麻线和干苎麻丝，母亲放在木柜里收着，空闲的时候，给我们纳鞋底，缝补衣服，或者随时搓一些她所需要的或粗或细的苎麻线。

几十年反复搓线，这块搓线瓦凸凹两面许多原本粗粝的刻痕，都已经被母亲的手掌和腿膝磨得光滑发亮。如今它静静地躺着，在我书房里书柜的一角，偶尔我拿出来端详抚摸一番，都禁不住地勾起深情的过往。

归 根

从一楼到八楼，一共一百三十余级踏步，每上几步，父亲就要扶着铁栏杆歇歇。有时，他会气喘吁吁地告诉我："这双脚实在拖不动了。"

2001 年母亲去世以后，八十多岁高龄的父亲就很少去乡下居住了，一则我们不放心，再则刚上小学的女儿佳儿跟她爷爷特别亲热，而父亲也特别疼爱这个唯一的孙女。因此，父亲便一直随我们居住在县城河边八楼我的家里。有时，父亲特别想乡下了，就会以商量的口吻跟我说："清和（我的小名）啊，我想去村里看看，过两天就回来。"要是我答应了，父亲就会显得特别高兴，满脸笑容。要是我说："回去干吗呢？那么远，您一个人去我又不放心。"父亲的脸色便会黯淡下去，或者站在客厅的窗前，默默凝望着远空。

翌年妻子意外怀孕，身孕渐显时，借口外出打工，到她二姐家居住，距离县城有四十公里。这样，平日里就只有我们三个人在家：早晨，我送女儿上学后，父亲一个人在家拖拖地板，把家里的桌柜门窗擦得干干净净；中午，女儿在学校老师家吃饭；下午，我下班时顺带把女儿接回家。父亲身体健康，特爱整洁，每餐都要喝一小杯红薯土酒，他炒的菜也挺好吃。在此后的近三年里，日子就这样淡淡地过去。

2005年，父亲九十二岁，尽管身体依然健朗，但他的腰佝偻了许多，像一株熟透了的稻子，而且头发也益发稀少。端午节的时候，尽管儿子奎儿已经两岁多了，但因为单位上依然有人不断举报，妻子和儿子仍旧没有回家。那时，我已经着手想把这套单位分配房卖了，另买房子居住，以便离开这个是非之地，得以全家团聚。偶尔我扶着父亲从楼下上来，他嘘嘘地喘着粗气，愈见吃力："这双脚一点力气都没有了，怕是日子不久了。"这也让他更加想念乡下的老屋，甚至考虑身后事："以后我如果不行了，就赶紧把我送到村里去。"我知道，父亲是想叶落归根，他在担心家乡的风俗：客死村外的人，棺材不允许进村，更不能摆放在村前的朝门里。每当这时，我就宽慰父亲，让他放心，我说三个姐姐也都在县城里居住，而且大姐又是医生，没事的。

端午节过后十天，农历五月十五，那是一个下雨的日子。同往日一样，我给父亲买来包子当早点后，就送女儿去上学，然后再到单位上班。

中午下班回家的时候，雨渐渐停了。我打开门，叫了一声"爹"，不见回应。我朝客厅里瞧了一眼，也没见父亲。我正要往餐厅里去，扭头朝洗手间一看，不得了啊，父亲瘫坐在地，背靠门框，耷拉着头，满地是血！我哭嚎着叫了一声："爹，您怎么了？"父亲已经没有了声息。

我迅速关上门，冷静了下来，我不想让同住一幢楼的单位上的其他人知道。我从地上抱起父亲，轻轻放在他的床上，父亲就像睡着了一样，十分安详。思索片刻，我打电话告诉了三个姐姐和姐夫，他们马上赶了过来。大姐说，父亲应该是大脑血管破裂，血液从鼻孔里喷射出来，无法止住，即便当时发现送往医院也没办法了。在清理的时候，我发现，拖把靠在客厅的窗台上，包子还摆在茶几上，父亲瘫坐的地上有几团小手纸，上面有血迹。我推测，父亲可能就在我送女儿上学不久就发生了意外，他在拖地板时，突然鼻孔出血，他想用纸团把鼻孔出血止住，后来血液不停喷射，他就来到洗手间，靠着门坐着，听天由命。父亲啊，每忆及此，我心揪痛。我能想象，此刻您是多么盼望能有亲人出现啊！原谅我们这些不孝的儿女吧，父亲。

女儿放学回家的时候，看到爷爷永远地睡着了。她握着爷爷的手，泪流满面。

我这时思考的问题是如何赶紧设法让父亲回到乡下老家，又不让单位上的人和村里人知道真相，而且还要编一个恰当的理由。

夜色渐渐降临，天上又在下毛毛雨了。我把单位上我平日用的轿车开到了楼下大门口，大姐也拿来了打吊瓶用的整套药具。当住宅楼各家都关门吃饭的时候，我和大姐姐夫们把父亲迅速背下了楼坐进车里。另外留下我的二姐和三姐在我家照顾我的女儿。

“爹爹，我们回家吧。”我一路小心驾驶，父亲坐在后座中间，姐姐姐夫紧紧把父亲抱在怀里。一路上，雨越下越大，我们都默默无语。

一个多小时后，终于看到我们村子了，村里不少人家还灯火通明。我看看时间，晚上九点多了。为了不引起村人的注意，我把车子在离村子大约一公里的地方停了下来。又过了一个多小时，村里已经基本上都熄灯了，我重新发动了汽车。

在经过我家油茶山前的时候，汽车突然打滑，不能前行，我顿时焦急起来。大姐说，是不是父亲也想跟母亲一起葬在我们油茶山上，可能是母亲来接他了。我冒雨下车一看，路上淤泥很深，我用手把泥土挖开，捡来一些碎石头垫上，姐夫们也下车来推，我加大油门，迅速通过了打滑处。

在村对面停了车，我们打着手电冒雨把父亲背着往屋里走去。“爹爹，我们到家了。”当我们打开家门，几乎就在我们一起说出这句话时，奇迹出现了，原本全身僵硬的父亲突然瘫软了下来。

我们打开电灯，把父亲放在床上，一面在厅屋里点上纸钱。这时，大姐突然又有了惊人发现，父亲竟然又恢复了脉搏。我仔细把了父亲的脉，绵延而纤细。

然后，大姐把吊瓶挂在床边的墙上，做出抢救的样子。我连夜去村里通报我的堂兄，我说，父亲晚上还好好的在喝酒，突然晕倒了，我们赶紧把他送来老家，已经不省人事快不行了。

第二天，村里陆续来了很多人来看父亲，我又一遍又一遍重复着跟堂兄说过的话。他们把完父亲的脉后，有人说脉象还很雄，说不定还能回转过来。我们张罗着父亲的后事，到下午的时候，父亲的脉象最终消失了，亲人一片痛哭声。我也遵照村里的风俗，在喇叭和铜锣声里，披麻戴孝来到村前的老井买水，给父亲最后一次洗身。

几天后出殡，父亲的棺材按古老的风俗停放在村前的朝门里，在举行祭奠仪式后，我们这些子嗣亲属一路跪拜，把父亲送到了我家的油茶山上，葬在我母亲的坟墓旁。

当安葬妥当，我们抱着父亲的遗像回到老屋，供上神台时，原本晴朗的天空，突然下起了大雨。雨哗哗地下着，犹如我沉痛的泪。

叫花子来了

“叫花子来了！”

村前的石板路上远远地出现一个陌生的人影，突兀在碧绿的稻田之间，拄着一根长棍子，胸前斜挂着一个大布袋子，正一步一步朝村口走来，不用说，又是讨饭的叫花子来了。已有眼尖的孩子在奔跑着，发出预警般的大呼小叫。这个时候，正在树下吃饭或歇凉的妇女和孩子们，仿佛一群受了惊的鸟雀，叽叽喳喳，顿时忙乱开来。“快去关门！”鸟雀们四散而去，随即就听到一片嘭嘭嘭关门上扣的响声。我也曾经是这群惊恐鸟雀里的一只，但立马被我的母亲止住了：“不要关门！叫花子来了就给一点。”

我家住在村前的大厅屋里，叫花子上门顺路顺脚。仿佛是为了迎接叫花子的到来，母亲特地来到家里，打开门，拿了一只饭碗从米瓮里舀了小半碗米，放在桌子上等着。母亲说，叫花子是可怜的人，来讨饭讨米，多少要给人家一点。不多久，叫花子果然来了，母亲照例要询问几句，哪里人？遭了什么灾？一面端起那预备好的小半碗米，倒进叫花子双手张开口子的布袋里，一面还要说几句歉意的话：我们自己家境也不好，不然是要多给一点米的。

母亲的歉意话，其实也句句是实情。那个时候，我们村子地处偏远，山多田少，除了种点水稻红薯，也没有什么别的出产，每个家庭日子都过得紧紧巴巴，好在村子里也还没有人家沦落到要靠外出逃荒要饭为生。来村子里讨饭要米的，几乎天天都有，多是年龄大的老头或老妪，一问，多半说是河南的或者安徽的，不是遭了旱灾，就是遭了水灾。

我刚上初中的那年，家里建了半栋瓦房，在村南的小溪边。第二年暑假，双抢已结束，新米初尝新，这个时候村里来了一个中年的叫花子，是个结实的男子，个子不高。他到村里讨米后，已是黄昏，他走到我家，踌躇了好一阵，向我母亲说，想在我家门口借宿一晚。我母亲便同意了，我们也表示同意。

那天晚上，他在我们家一同吃了晚饭后，在门口的禾场上乘凉，一番交谈，得知他家里离我们这里很远，他每隔几天就要把讨来的米卖了，换成钱寄给家里。临睡的时候，我的母亲说，门口蚊子多，又有夜露，你还是到我们厅屋的竹睡椅上睡吧。第二天一早，那人起来后，说还想在附近的村子讨米，想把原已讨来的米放我们家存放一下。此时，通过一晚的相处，在我们家看来，他也算是熟人了，又岂会拒绝？接下来的几天，他每天傍晚就会提着一大袋子米从村外而来，我母亲拿秤给他称好，保存。然后他同我们一起吃晚饭，歇凉。一个叫花子总在我们家早出晚归，村里人还以为是我们家亲戚。几天后，附近的一个圩场赶集，这人才挑着他的收获离开了我们家。

我再一次在家里结识一个叫花子，是我参加工作后的一个夏天假日。那时我二十岁出头，正是一个文学爱好者。那天上午，天气晴热，门前的杨树叶哗哗有声，我坐在厅屋里看小说，我的父母姐姐都做农事去了。突然门口有唱山歌拉二胡的声音，我一看，一个老者站着，勉强的笑容里一脸卑微，看那行头和形态，就明白是一个讨米的人。我邀老者进屋，拿一个大碗舀了满满一碗米倒进他的布袋里，他很是惊讶，感激连连。我又要他坐，给他筛了一碗凉茶，拿了一些炒花生来吃。老者显然是饥渴了，没有拒绝。我对他的山歌特别有兴趣，交谈中得知，老者姓李，是宁远县人，瑶族，唱山歌是他的习俗。在我的请求下，老者连唱了好几段山歌，我一一在本子上做了记录。末了，我请老者吃了午饭再走，老者无论如何也不肯。多年以后，当我身为报纸记者，采访资兴市一位年老的瑶族盲人山歌手时，我猛然就想起了这位姓李的要饭老者。

人生里，我们会遇上各种各样的人，哪怕一个卑微的叫花子，既然与我们的人生有了交集，也就是一种缘分。何不结一份善缘，给自己一个心安、一个温和的记忆呢？

父母的床

两条被岁月浸泡得黑咕隆咚的长凳，一条紧挨着黑咕隆咚的南墙，一条紧挨着黑咕隆咚的北墙，三四块或宽或窄或厚或薄的黑咕隆咚的木板，紧挨着黑咕隆咚的西墙一并排开，悬空搁置在两条长凳上，上面铺着一层枯黄的稻草，一床烂得泾渭分明的草席摊开在稻草之上，那些细细碎碎的稻草的穗子和叶片，从经线纬线中探出来，与草席融为一体。一条黑咕隆咚破洞无数的单被，在巴掌大的西窗灌进来的寒风和微亮的晨光里，胡乱缩成一团。

一阵喧哗，一顶两人抬的简陋的轿子在黑咕隆咚的厅屋里放下，一名身穿青衣的十八岁的清纯女子从轿子里被扶了出来，扶她的是一名三十六岁的男子，他伸手推开黑咕隆咚的窄窄的木门，嘭的一声闷响，木门撞着黑咕隆咚的床边，斜斜地停住了。女子惊恐地跟着男子跨进了门槛，她想，这辈子就要跟着这个陌生的男子在这黑咕隆咚的窝里过日子了。他们是我的父亲母亲。

我的父亲兄弟二人，他是老二。祖上留给他们兄弟二人就两间正房和一间耳房。他的兄嫂住两间正房，这间称为“打屁转不了侧”的耳房就分给我父母住。

贫贱夫妻百事哀。结婚几天，十八岁的母亲就深深体会到了。

那天，父亲从村里希武家做短工称了一点米回来，母亲正站在屋里流泪。看着眼前凌乱的景象，母亲说，刚才一个邻居来，说要讨回借他的两块床板，不容母亲求情，就从床上把他的两块木板抽走了，稻草席子撒落一地。“希武的老子就实在好。”以后母亲每向我们姐弟说起这段往事，总是心怀感激。那时，父亲在希武家里做工，父亲把这事说了后，希武的父亲当即拿了几块木板给我父亲拿回家把床重新搭上，又送了我父亲一床旧蓑衣。“落雪的日子，盖那点单被冻得不得了，我们就把蓑衣搭在被子上，还是冻。”母亲说。

新中国成立后土改，父亲以雇农身份，分到了两间黑咕隆咚的老房子，楼上楼下，相比以前的耳房，宽敞了许多倍，二姐三姐和我就出生在这里。我的大姐比我大十七岁，我有记忆的时候，她已经出嫁了，就嫁在我们村子对面的小村里。

我们家一共有三铺床，楼上一铺，有时我大姐带着外甥来了，就爬着木板楼梯到楼上睡，以后又是我二姐三姐睡。楼下卧室两铺床，紧挨着东墙南墙和北墙呈丁字形布置，一律是在长凳上搁上木板，铺上稻草和草席，枕头也是用稻草扎成一个长长的小圆柱，就像一截木头垫在草席下。

晚上睡觉，二姐三姐两人共睡一床，我和父母睡一床。多数时候，我和母亲睡一头，父亲睡另一头，有时，我也和父亲睡一头，母亲睡另一头。

那时，我经常做同一个梦，尤其是冬天的夜晚。梦里的我在村里转弯抹角地跑着，突然眼前一亮，有一个茅坑，或者一个便桶，我一阵高兴，扒下裤子尽情尿着，只是这一泡尿出奇地大，老是拉个不停，总也拉不干净。“啊呢！你个死崽，又尿床了！一铺床全湿透了。”母亲一把将我摇醒，喝道：“赶紧去拉尿！”我迷迷糊糊，光着身子从被子里钻出来，摸索着下了床，眼前一片漆黑，分不清东南西北，我闭着眼睛，拉着。“啊呢！你个死崽，怎么拉到床边上？”我一阵激灵，又闭着眼挪几步，一头撞在木楼梯上，木尿桶就在楼梯下的墙角里，我又摸索着移动了两步，脚趾踢着了尿桶边，脚下一片湿冷。我终于站定，闭着眼，“嚯嚯嚯嚯”，我的一根尿柱在黑暗中击打大半桶尿液，声音明亮，屋子里荡开一片浊臭。我摸索着上床，此时母亲已摸索着，拿了早就准备好的厚厚的夹袄大尿布，垫在我拉湿的位置，腾出一片干爽的地方让我继续睡。

一墙之隔，是春香家。春香跟我同龄，她上有两个哥哥，下有一个妹妹。每天早上我醒来后，已听见她家人在隔壁叽叽咕咕说话，我敲一下墙壁：“春香，给你猜个谜，喜鹊尾巴长又长，白日洗澡，夜里歇凉，是什么？”“是水勺。”春香大声应答，“我给你猜一个，黑鸡婆，雨滴滴，走千里，没脚迹。”“是伞！”我高兴地大声说。我们的谜语猜着猜着就常常变成了两家人共同的话题，她的父母在床上咕咕笑着，教她谜语，然后她鹦鹉学舌让我猜。我的父母也叽叽咕咕说些谜语给我，我又扔到墙那边给她猜。晨光在笑声里，慢慢透进窗户，黑咕隆咚的屋子渐渐明亮起来。

有一天夜里，我躺在床上。恍惚间，房屋里亮起了油灯，灯光昏黄而温暖，我睁大眼睛，看见一男一女两个形容清瘦穿黑色衣裤的老人，缓步来到我的床边，满脸慈祥，老太太的头上还搭着一块黑色的头帕。两个老人对我说：“孩子，别怕，我们是你的爷爷奶奶，来保佑你的。”我看着他们，心里异常平静，丝毫没有惧怕的感觉。醒来后，我给父母说了这个梦境，父母说，那就是我的奶奶爷爷。

不久后的一个夜里，我突然被哭喊声惊醒。其时，母亲点燃了油灯，在号啕大哭：“不得了啊，不得了啊！”父亲躺在床上，双手捂着头，头下一摊血水，血还在父亲的手指间不断冒出来，父亲整个脸面都成了红色，他的床头横着一块大土砖。在另一张床上，我的二姐三姐正六神无主地坐着哭。春香的父母也从隔壁赶了过来，还有隔壁的邻居也陆续来了几个人。大家手忙脚乱，正在用土办法给我父亲止血。我急得大喊："爹爹快死了，快喊大姐姐来啊！"

原来，这天晚上，春香的大哥周和到山上偷砍杉树回来，杉树背回家时，冷不防树尾巴将我们两家隔墙顶上一块土砖撞了下来，刚好砸在我父亲的头上。

事后，母亲曾多次不无庆幸地对我说："幸亏你爷爷奶奶保佑你，本来一直是你睡这头的，刚好这晚上你闹着要换一头睡，要不然，你就砸死了。"父亲也庆幸地活了下来，因失血过多，有一段时间总是头晕。一次周和去赶圩挑碳，买了一斤肉，送到我们家，算是赔礼和道歉。乡亲邻里，原本都是意外，父母也没有计较。周和从此大约没有再去偷树。

我上初中的时候，我们家搬进了新建的半栋瓦房。父母的床依然是木长凳木板子铺上稻草和草席。我的床在隔壁的小房间，也依然是木长凳木板子铺上稻草和草席，只是我平时住校，要放假时才在家里睡。父母年事渐高，夜里睡眠已少，他们躺在床上常常要聊个半宿。有时，我被父亲的咳嗽声惊醒，有时被他痛苦的呻吟惊醒："哎哟，脚抽筋啊，好痛啊，给我揉揉。"每当这时，母亲就起来给他揉揉绷硬的脚肚子。而我，躺在床上无能为力。我那时还不明白脚抽筋是因为缺钙的缘故，即便明白，在那样贫困的岁月，又能如何？有时，我又听到父亲喊冷："好冷啊，发寒呢，快给我堆两床棉被。"我开门走过去，看见父亲戴着毛线帽子，瘦脸灰暗，浑身颤抖缩成一团，尽管盖上了两床棉被，又搭上了他的全部衣裤，他仍牙关咬得咯咯响。母亲对我说："你去睡吧，我在照看呢。"

以后，我上高中，上中专，参加工作，父母像一对越来越老的麻雀，在这铺木板床上，相互取暖，相互陪伴，念叨着每一个子女亲人，咳着一声声长嗽，度过一个又一个漫长的夜晚。

如今，父母静静地躺在山上，躺在千年床上，幽室相邻。父母啊，在泥土之下，你们的床还暖和吗？现在正是小雨淅沥的严冬，你们冷吗？

第四辑　至爱

想起黄毛

晚饭后，九十岁的老父亲拿了把蒲扇坐在餐桌边为我十岁的女儿扇风，陪她写作业。我洗完澡走了过来，一向沉默寡言的父亲忽然对我说，院子里这条狗好聪明，今天上午竟然跑到八楼来了，还不停地对着他摇尾巴。停了一会儿，他说："就像从前我们家养的黄毛。"

是的，我也早就有这个感觉，尤其是立夏以后，当这条狗换上了一身油光可鉴的黄黑相间的新皮毛，矫健的身姿分明就是我家二十多年前的黄毛了。

黄毛是我大姐家一条高大漂亮的母狗生的，那次只生了它一个，是稀罕的独子狗——据说是不祥之物，因为村里流传着一句古话，"家有独子狗（土话读作'改'），不死爹就死崽"。因此，这条幼小的生命也成了大姐家的一块心病：丢掉它吧，怕有罪过；养着吧，又担心会有什么不测。然而这条小黄毛被充足的奶水喂得是那样的蓬松、活泼，提在手里沉甸甸的，叫人无法不喜爱。满月的时候，父亲对大姐说："还是让我捉去养着吧"。这样，这条小黄毛被父亲依照古老的说法到水田的口坝反复冲刷秽气后带到了我的家里。

我已不太记得黄毛成长的过程了，反正我端着碗吃饭的时候，它就站在我的面前，仰起脖子，眼睛一眨也不眨地瞪着我碗里的饭菜，一面讨好地摇着尾巴。当我们分享完碗里的所有，它就伏在地上轻轻地啃我的脚趾，扯我的裤管。有时，我们出去玩耍，它跳跃着舔舔我的小手，突然，闪电般往前冲了过去，又远远地站着，回过头来，叫唤几声，一面使劲地摇着尾巴……日子就这样一天天地过去，慢慢地，黄毛抽了条，成了抬头能挨着我小屁股的半大狗崽了。

可是，对黄毛而言，并非每个日子都是这样的平静和安宁。那年六月的一天中午，黄毛忽然痛苦地尖叫着跑回家，我们以为它偷了人家的东西挨了打，一看，天啦，哪个狠心的人在它右侧腰身泼了刚出锅的滚粥，痛得它弯着身子直打圈圈，不住地哀号。我们一家人都心痛不已，然而在那食不果腹家徒四壁的年代，也只能眼睁睁地看着它受痛而毫无办法。后来，黄毛烫伤的地方，毛掉光了，皮肉溃烂流脓。整整一个三伏季节，它尚幼的身心遭受的苦痛是如此地漫长。所幸，溃烂处终于结了痂，却永远留下了鸭蛋般大小的发亮伤疤。

从那以后，除了我们喂它，黄毛不吃任何外人扔给它的东西，每天晚上它也要睡到家里来。有时，我们闩门先睡了，它从外面尽兴回来，用爪子把门刨得沙沙作响，一面呜呜地嘟哝，偶尔咆哮几声，直到我的母亲起床为它开门。凌晨它要解手了，也是同样的办法，当它从外面方便回来，翘着尾巴一路小跑，仿佛一位凯旋的将军。到了我的床前，东嗅西嗅——它要我起床带它溜达去了。

我要到十几里外的洋塘中学读书了，黄毛也就成了我父亲最忠实的伙伴。父亲回忆说，黄毛真是通人性，很多时候，他到很远的地方去劳作或者赶圩，事先黄毛并没有跟去，但它会忽然出现在面前，并亲热地在胯下蹭来蹭去，令人惊喜不已。这样的事我也亲历过，其中有一次印象非常深刻，至今难以忘怀。一个星期天的下午，我的二姐挑米送我到学校去，大概走了六七里山路，在前方的山坡上，我突然看到了我的黄毛，它站在路中间，迎着我们，张着嘴吊着舌头，一面缓缓地摇动尾巴，我和二姐异常惊喜，我们都不明白它是怎么跑到我们前面去的，一路上，我们可是连它的影子都不曾看见过啊！我喊了一声："黄毛，回家去！"它往树林里一闪，不见了。更让我们惊异的是，当我和二姐走到校门口时，黄毛竟然已经蹲坐在操场上等我们了。难怪母亲经常念叨："这个黄毛硬是个狗精！"

第二年冬天，我家新砌半栋房子，欠了不少的账。我的一个远房亲戚要我二姐跟他们一起到江西去卖假烟。可是家里没有起本的钱。当家里能卖的东西都卖掉了以后，来了两个买狗的人。我死活不准卖我的黄毛，父亲和母亲也舍不得，那天，黄毛像有了预感，总是远远地躲着我们，不肯进屋。后来，母亲给我讲了好多次，"崽啊，你二姐要到远地方做生意，要钱用，你去把黄毛喊来"。我极不情愿地把黄毛叫到了我的身边，黄毛是那样的信任我，它摇着尾巴，仰头望着我，眼睛发亮。我抚摸着它迟疑着，终于狠心把买狗人已准备好的棕绳套套上了黄毛的颈脖。伴随着一声撕心裂肺的惨叫，黄毛被两个买狗人拖走了，我也伤心地哭倒在母亲的怀里。

二十多年了，我一直无法挥去对黄毛的深切的思念。对它的信任的辜负，更是让我深感愧疚，久久难以释怀。

山村顽童

砸　鱼

那是一个朦胧月色的夏夜，吃过晚饭后，我又跑到村前，加入了小伙伴们热闹的追逐中。或许是吃得过饱，或许是玩得太起劲，食物消化得过快，突然想上茅房。我赶忙跑到村前那口大池塘边的一角，就地来个痛快。之后，随手从地上摸了块石头擦擦屁股，“咚”的一声，将石头抛进池塘。

就在我起身才走了几步，碰上了捉萤火虫的老庚务光。务光问我在干吗？我说刚才丢石头砸鱼，要不我们再捡石头砸鱼去？务光欣然同意，于是我们便一起在池塘边上搜寻石头。池塘里每一次扔石头的水响和激起的水花，都让我们感到十分开心。

当我们身旁找不到石头时，我建议务光到附近去捡，并且若有所思地告诉他池塘角那里有块大石头，一边把他带往我刚才蹲点的地方。我故作发现状，指着夜色下草丛里那团熟悉的黑影，说："那里有坨石头，快去捡。"务光俯身伸出双手，果断出击。

我大笑而逃。待务光回过神来，举着一双脏手怒骂而追。

洗　裤

羊务完小距离我们村大约四里地，两村之间是一条小河及大片水田，上小学三年级时，我们就要到羊务完小读书了。因为中午课休，我们要回家吃饭，所以我们每天在家和学校之间要走四个来回。当然，到了冬季和大雨天，也有孩子早晨就从家里带上一大搪瓷口杯饭和些咸菜作为中饭。

那天已是深冬，我吃饱早饭后，斜挎着旧书包就与村里的伙伴悠悠晃晃踏上了田野间那条弯弯曲曲的上学路。田野早已收获，如今已是一片绿油油的草籽苗，浅浅的，像一张张巨大的绿毯。

走到半路时，肚子突然一阵胀痛，坏了，要上茅房了。前不着村后不挨店的，哪里有可躲避之处？想蹲到旁边的田埂上解决一下，可是，小路上前前后后都是慢慢腾腾晃荡着去村里上学的同伴。我只得加快步子，独自一路狂走。那学校的厕所啊，在我看来，似乎就是万里之遥的目的地。

未几，肚子难受得更厉害了，只能夹紧屁股走路。突然，一阵难忍，感觉一条火热沿着大腿滚落而下，从裤管里窜了出来。顿时闸门崩溃，不可阻挡。

待跑到学校厕所，我赶紧趁没人把里面的那条裤子换出来，拿到学校旁边的池塘边洗洗，池水冰凉刺骨，记忆犹新。下午，我从塘岸上收起未干的裤子回家，母亲问是何故，我支支吾吾，放下书包，从长凳下拿出我的木陀螺，飞到村边的晒谷场上去了。

治　病

有段时间，小伙伴华德一双眼珠子黄黄的，像猫，身上似乎总有一股腥臊味。华德告诉我们说，他得了黄疸肝炎，他家里请了羊务村一个土郎中在给他治，据说花了不少钱。我们感到很仰慕，觉得他得了我们从没听过的黄疸，肯定是一件很了不起的事。

有一次，我们上山捡柴的时候，看见华德露着屁股勾着头，一双手扶着“小鸟”，正在喝自己的尿。我们都很新奇。华德说，是郎中嘱咐的，喝尿能治病。我们都感到华德很博学，便问他尿是什么味道。华德告诉我们，尿是咸的，还有点苦，因为尿里面有好东西，所以能治病。

在华德的启发下，我们也都想给自己治病，于是，我们站成一排，一齐退下裤子，勾着头，喝自己的尿。

果真，尿是咸的还有点苦，而且还是热的。不信，你试试，反正我是信了。

佳　肴

萝卜丝

那半钵子白萝卜丝，让我回味了三十多年。

一条三四尺宽的小溪紧挨着村前屋脚悠悠流过，溪的一岸，是青石板路，蜿蜒着爬出村外，甚至爬向了隔壁羊务村后面那座用白石灰书写着“农业学大寨”五个巨大字体的水库工地。那时，我应该还没有上学，全村人整天的工作就是修那座水库，我母亲和其他一些村妇被分配了在食堂做饭送饭的任务。依稀记得，我曾跟在母亲屁股后面到过那个群山环抱的水库工地，看到大人们像蜻蜓穿花般用粪箕挑着大担的泥土在奔劳。

母亲工作的食堂就在我们村子南端的一座瓦房，是生产队的队部，门口就是村前那条小溪，在门口和溪岸之间，搭了一块石板用来进出。那时，我就常坐在石板上看母亲在屋里忙活：洗粗糙的瓦饭钵子、淘米、切白萝卜丝……

有一次，热气腾腾的饭菜都做好了，其时屋里只有两三个妇女，母亲连忙划了半钵子饭，夹了些萝卜丝，推到我手中："赶紧吃，等会有人来了。"一面笑着向屋子里的妇女做出解释的样子。我没有辜负母亲急切的嘱咐，那半钵子热饭和萝卜丝，我囫囵吞了下去，连汤脚也不剩。

这是我一生中最美味的萝卜丝，让我回味，让我留恋，甚至让我念兹泪下。

压辣椒

最好吃的压辣椒，当是秋末拔辣椒树时，残存的那些又细又短又嫩的小辣椒。

家乡的习俗，无辣不成菜，即便冬春两季，不管煮什么菜，哪怕萝卜白菜，都要放上红红的辣椒灰。而夏秋两季，一日不用青辣椒或红辣椒煮菜的人家几乎没有。辣椒炒豆角、辣椒炒茄子、辣椒炒丝瓜、辣椒炒苦瓜；辣椒炒鱼、辣椒炒虾、辣椒炒田螺、辣椒炒螃蟹、辣椒炒泥鳅、辣椒炒黄鳝；辣椒炒蛋、辣椒炒鸡、辣椒炒鸭、辣椒炒鹅；辣椒炒猪肉、辣椒炒牛肉、辣椒炒狗肉、辣椒炒羊肉；辣椒炒蛇、辣椒炒青蛙、辣椒炒麻雀、辣椒炒野鸡、辣椒炒野兔、辣椒炒野猪……无一不是可口的美味。

当一场大霜下来，原先绿意盎然的辣椒叶顿时成了黑压压的一片，耷拉了下来，没有了生机，母亲摘下了最后一批青辣椒。这时的辣椒个小而嫩，用刀切起来不方便，母亲便直接把辣椒洗净后放进锅里压成末。未几，一碗喷香的压辣椒新鲜出锅，我常为此要吃几大碗饭。

酱大头菜

大约到了初冬，家家户户挖大头萝卜了，洗净后，趁着晴好天气，将一个个白白胖胖方方圆圆的大头萝卜晒成半干状，之后，切成二指宽的方形块块，用来腌制酱大头菜。

我的母亲是腌制酱大头菜的好手，每年都要腌制一大坛子。等到腌制好了，从坛子里夹出半大碗来，一块块大头菜蘸着红红的辣豆酱，芳香诱人，送入嘴里一嚼，脆脆的，辣辣的，甜甜的，咸咸的，香香的，奇妙无比。

母亲一生喜爱喝热早茶，那时节，每天母亲起床最早，第一件事就是烧柴火用鼎罐泡茶。当灶膛里柴火熊熊，我们也被母亲唤了起床，简单洗个热水脸后，母亲端上了我们的最爱：酱大头菜、烘红薯、煨烫皮和一铜壶热茶。

有时，窗外大雪纷飞，我们姐弟四人坐在父母的身旁，在窄小的灶屋里一面享受着柴火和热茶的温暖，一面大快朵颐，真不知天下是否还有比这更幸福的时光。

吃着母亲的酱大头菜拌饭拌红薯，我度过了童年；提着母亲的酱大头菜到学校住校，我度过了初中和高中六年岁月。

母亲的酱大头菜，永远是我心中温暖的记忆。

烫 皮

刚出锅的烫皮，热热乎乎，松软喷香。

当早稻新谷上了岸，正是一年中太阳如火的时节，村里家家户户陆续做米烫皮了。头一天晚上，母亲量了几升新米放进桶子里浸泡，等到早晨起床后，母亲提着桶子来到了磨坊，往往这时，我定然是如影随形。

磨盘像两个带齿的巨大月饼，上下叠合在一起，安放在一个木架子上，架子的底部，是一个大木盆。上面的大月饼上有个木把手，月饼中央有个圆形小孔，当母亲一手用瓦调羹一下一下舀着桶子里的米和水倒进小孔，一手推着木把手转动上面的大月饼时，白白的米浆便从两个月饼的叠合处周围渗出来，滴滴答答掉进木盆里。

有时，我也搬来矮凳站着，帮着母亲推木把手，甚至从母亲手中抢过调羹往小孔里不停地加米加水，因为我觉得那滴滴答答的声音实在太慢了。“你这个冤家啊，走开走开。”母亲夺过调羹，继续着慢慢悠悠的滴滴答答。

当一大盆稠稠的白米浆终于磨成，山上的太阳已经几丈高了。接下来，我和姐姐们卖力帮着母亲抱来稻草和竹棍，在村前的空坪上搭几个晒棚子。这时，母亲已经往米浆里拌和了盐水，柴火烧起来了，菜锅洗干净了，油碗和刷锅子的筓竹放在了灶台上，一切准备妥当，母亲开始做烫皮了。

母亲用筅帚在油碗里蘸一下，往冒烟的锅里飞快几刷，舀半铜勺米浆倒入锅，双手端起锅耳几个晃荡，米浆顿时从锅底散开，成了一张圆圆的薄薄的烫皮。再过火片刻，母亲麻利地从锅里撕下烫皮，放置簸箕中，一股香气扑鼻而来。之后，母亲再无数次重复着这套动作，直到一整桶米浆都变成烫皮。

刚出锅的第一块烫皮，母亲卷成方块形放在大碗里，端到大厅屋的神台前恭敬地敬神，一面嘴里念念有词。然后嘱我把这块热热的烫皮，送给同住一个大厅屋年纪最大的邻居老奶奶吃。

最初的十余块烫皮，全被我和姐姐及邻居的孩子干掉，松软热乎，甜香可口。打发我们的嘴巴后，接下来的烫皮由我和姐姐端到晒棚子上晾晒。为避免狗吃烫皮，我往往多了一项专职工作，就是手拿一根长竹竿，围着晒棚子游荡。

等到太阳落山，烫皮全部晒干了，我们一张张叠起来，常常要收拾好几谷箩筐。

在之后的几个月里，或早上，或中午，或晚上，或来客人了，或来邻居了，或来老师家访了，拿出几张烫皮，放柴火上烤烤，便成了煨烫皮，黄黄的，起着无数的小米泡，就着热茶，或就着焖红薯，就着酱大头菜，一吃，嘣脆，喷香。

糖糍粑

一双布满皱纹的老手小心地伸入簸箕，揭下白嫩油滑的一个放入我的手中，顿时，我空着的双手变得饱满而温热，一年的渴望此刻如中天的朗月得到了圆满。我往尖角处咬下一口，稠热的糖水裹着黏糊的糍粑塞满了口腔，几经咀嚼，咕噜吞下，一股甜香从嘴角荡开，化为满脸笑颜。大快朵颐之后，我重新钻入被窝，带着满足进入梦乡。这是我记忆里，儿时中秋夜最愉快的时候。

不过，真正让我最难忘的中秋夜，还是我第一次能帮母亲捣糍粑。

家乡的习俗，八月十五捣糍粑。离中秋节还有几天，村里各个房族陆续有人搬出尘封了一年的糍粑棰和青石臼在清洗，我的母亲自然也准备好了新糯米，买了红砂糖。

那一年我大约刚上初中，我的父亲已近七十岁。中秋捣糍粑这个男人的力气活，让我母亲很是纠结，而我还不曾意识到这是个问题，只知道往常中秋夜当我从梦中被母亲叫醒，温热的糖糍粑就出现在眼前。

中秋那天上午，母亲早早把糯米蒸上后，就出去帮人家出糍粑和压糍粑。她更重要的目的是去排队，帮别人干活后以便轮到我家时，有人帮着捣糍粑。出糍粑是门技巧活，糍粑在石臼里捣烂后，又烫又黏，一般人不敢也不能徒手将一大团热糍粑从石臼里一次性起出来，弄不好双手都会烫伤。我母亲是出糍粑的好手，她双手抹上茶油，手掌手背揉搓几下，沿着石臼内壁麻利插进糍粑，几个旋转，大圆球状的糍粑顿时干净利落地从臼底起出，摔在了案板上。每当这时，我常看到母亲的一双手掌烫得通红，母亲也在人们的赞叹声中露出满足的微笑。之后，母亲和几个妇人趁热把大圆球截取揉成一个个鸭梨状的小皮球，用手掌一番按压，就成了一个个大小均匀的圆圆的糍粑。若是在圆糍粑中间放些砂糖，对折包上，便是一个个半月形的糖糍粑。

因为捣糍粑的人家多，母亲帮别人出糍粑和压糍粑到将近半夜，才轮到我家。这时，看热闹和捣好了糍粑的男人和妇女多已离去，逼仄的屋檐下显得空旷了许多。母亲把蒸了一天的糯米饭倒进石臼后，环顾一周，见没有男子主动来帮忙的样子，就要我来试试。我双手握着比我还高的糍粑棰往上一举，顿时感到异常沉重。在母亲和周围人的指点下，我蹲成马步，用力一棰一棰笨拙地往石臼里捣。当糯米饭渐渐变成黏稠的糍粑，强大的黏结力已经让我几乎提不动糍粑棰，而且双手掌起了水泡，火辣辣地痛，腰也酸痛得直不起来。母亲堆着笑脸，叫了周围看热闹的男子帮忙。在一声声有力的捣击之后，糍粑终于捣成。

当簸箕里放满了一个个圆糍粑和少数糖糍粑，一天的辛苦总算有了收获。我清楚记得，母亲端着簸箕走在前面，我随后跟着，这时，通往家的石板路上就我们两人。溪水在浅浅歌吟，村前的稻田弥漫朦胧的雾气，天上一轮圆月当空，云少星稀，黑黑的村庄已沉浸在香甜的秋梦里。

推门进入家中，母亲把父亲和姐姐从床上叫了起来。在敬了祖先之后，我们开始品尝着温热的糖糍粑，在明亮的月色下，甜香的滋味荡漾在我们每个人的脸上。

肉饺粑

“明日插完秧，称点肉做一餐肉饺粑来恰（吃）。”当烈日下为期近半个月的“双抢”接近尾声，母亲把最诱人的计划在饭桌上说了出来。此时，村前沿江两岸一块块阡陌纵横的水田又重新披上了浅浅的嫩绿，取代了不久前还沉甸甸的稻浪金黄。

从量米浸米捣粉到和浆剁肉包馅蒸煮，要吃上肉饺粑，在我看来也是一项浩大的复杂工程。好在臼屋就在我家附近，而且我的积极性也很高，当母亲把头一天晚上按比例掺和好的糯米和黏米从木桶里捞出来，装进竹器滗干水时，我已经把臼屋的地板打扫干净，甚至跪着将埋置于地板下的石臼里的灰尘掏了出来。

尽管如此，当母亲端着米走进臼屋，她还是要用湿抹布在石臼里擦拭几遍，并要我双手抬起捣棰上方的方木，以便她把棰底的钢齿擦得银亮。之后，母亲把簸箕团箕米粉筛子放置在石臼旁边，把米倒入石臼里。

我和母亲扶着高大的青石柱，脚踩方木板，随着木轴在石柱槽子里扭转摩擦发出的“嘎吱嘎吱”声，长长的方木一次次仰起头，带着捣棰像公鸡啄米一样朝石臼砸去。有时我用力过猛，臼里的白米粉像浪花飞溅，母亲就会把我赶下来：“蒐，不要你捣，去外面耍。”

臼屋外的蜻蜓和苦楝树上的蝉声似乎已引不起我多大的兴趣，每隔一阵，我就跑进去问一下母亲：“怎么还没捣好？”“快了快了，再去耍一下。”三番五次，母亲用同一句话来打发我的不满和失落。

终于看到母亲从石臼边筛完米粉站起身，我的心顿时变得轻松起来，自告奋勇帮着母亲收拾物件拿竹器关臼屋门。可回到家里后，围着灶台又是漫长的煎熬和等待。

当大碗里的青葱肉馅一点点减少，当团箕里一个个鼓鼓的肉饺粑渐渐增多，当铁锅里沸腾的水汽散出了丝丝肉香，当母亲用饭碗装了一个白花花的肉饺粑来到神台前恭敬地举过头顶，我渴望的时刻终于一步步近了，近了。

不用说咕嘟咕嘟喝那白稠浓汤的淋漓酣畅，不用说咬一口既软又韧的饺粑壳子的余味悠长，更不用说那颗不忍心一口咬烂吞下的青葱肉馅的口齿留香。母亲做的肉饺粑就三个字：最好恰！

运动服，白球鞋

一条小河呈“U”字形环抱着一片广阔的水田，在水田环抱的中央，突兀着一座小山，山浑圆而不高，山的周围树木浓郁，有高大的香樟树、板栗树和苦楝子树，也有苍翠的柏树和药橘树，还有一片茂盛的楠竹林。在西北角的山脚下，一条羊肠泥路像一支利箭射透水田，笔直向西射去，射进两里路开外的高亭乡政府所在地。沿着箭杆回望，小山树木掩映之间透出几处灰墙黑瓦的房屋，显得清幽而静谧。这就是永兴县第三中学，旧时此地称作文昌阁，1984 年秋到 1987 年夏，我在这里度过了三年高中时光。

学校的布置依山就势，从山脚到校门要爬一百余级青石台阶，这里有个特定的名称“百步梯”。百步梯宽约三四米，坡度很陡，两旁的树木围合成一个密闭的拱形通道，即便烈日当空，这里也阴凉清爽。过了百步梯，就是一幢二层教学楼，楼很长，但已显陈旧。我高一的两个学期就是在这栋教学楼学习的。

学生宿舍距离教学楼不远，在小山头的东面，是一排低矮的瓦房。

每间宿舍两旁各摆放了四张高大的上下铺木柱木板床，中间是一条逼仄的通道，十六名同学就在这里吃饭睡觉和吵闹。出宿舍门朝前一溜小跑就冲上了操场，操场是山顶剃成的平头，是我们晨跑、课间操和体育课的场所。操场上有几棵大树，其中一棵树干上挂了一块长方形的钢块，每次上下课的钟声就从这里敲响。

刚进入高中，感觉学校一下子大了很多，人也比初中多了很多，特别是吃国家粮的学生多了，从体育课上的穿着就能看出吃国家粮的优越：一套衣袖和裤腿带两条白边的蓝色或红色运动服，一双白球鞋。这是我们乡下学生所不能比的，尤其是我这个穿破解放鞋和补丁衣服的人。

体育老师刘传忠是个年轻的老师，也是我高一的班主任，据说在大学里专门学体育的，他的装束固然是运动服和白球鞋，脖子上挂一个口哨。他有时会有硬性的要求，上体育课必须穿运动服，哪怕去别的同学那里借也行。这个要求对我来说可真是要命，我也曾委婉告诉过我的母亲，可看到母亲忧愁的目光，盘算着家里能卖的花生稻谷和黄豆，就说穿这样的衣服鞋子其实也不好，可能还把身子和脚箍得很紧很不舒服。

可是有一次，刘传忠老师似乎很生气。那天上午在操场上体育课，太阳也很大，列队时刘老师看我没穿运动服，当众质问我为什么不穿？同学们都看着我，我羞得低着头，眼泪直打圈，我恨不得从操场地里钻进去。刘老师见我一言不发，似乎更生气了，叫我离开列队，一个人站在一旁。很久以后，刘老师过来问我，我抹着眼泪告诉他我没有运动衣服和鞋子，家里买不起。

因此，很多时候，当操场上穿运动服白球鞋的同学在兴奋地追打篮球，我总是绕道走到一边去，晨跑也是趁着天未大亮。而每次的体育课对我来说都是一次深深的恐惧。

国庆节前后，学校举行运动会，各班都要求穿运动服参加开幕入场式。那些天同学们都在争前恐后到处借运动服，我也曾开口借过，不是没有就是被借走了，结果还是一件运动衣服都没借到。我清楚记得，开幕那天上午，宿舍里的同学们都穿着五花八门的运动服跑到操场上去了，我一个人躲在宿舍里，关上门，惴惴不安，我生怕老师或班干部突然来叫我。

操场广播里传来雄壮的进行曲……学校领导在大声讲话……同学们不时在齐声呼喊口号“一、二、三、四”……

我在宿舍里站着听广播，度秒如年。终于听到广播里宣布“开幕式到此结束”，有同学奔跑着推开了宿舍门，我悬着的心才放松了一点点。好在事后也没有老师来找我的麻烦，我总算侥幸过了这一关。

高一第一学期快期末的时候，学校举行一次数理化综合竞赛，我名列全年级第一名。第二年，我被编入了重点班。班主任换了，体育老师也换了，一直到顺利通过高考。尽管我一直没能拥有自己的运动服和白球鞋，但也没有了因此而挨批评和掉眼泪的遭遇。

我家的池塘

小时候，沿着村前的石板路是一溜大大小小的池塘，池塘常年碧波荡漾，深不见底，岸边是高大的柏树和垂柳。早晨上学的时候，我时常捡路旁的小石子击打池塘里密密匝匝浮出大嘴的鱼头，“哗啦”一声巨响，鱼群击打水花瞬间钻入水里。稍过片刻，又齐刷刷在另一处平静的水面冒出密密匝匝的大嘴。很多时候我就想，要是我家也能有个池塘就好了。

我十三岁那年，父母有了一项大胆而宏伟的计划，在村子最南面饲养场旁边批了二分地准备建瓦房。与房基一溪之隔的东面原是我们生产队的一丘大秧田，分田到户的时候，分成了带状的几块，其中靠北边田埂劣一点的一小块便是我家的秧田。为了节省开支，父母盘算了再盘算，决定采用金包银的方式建造，即外墙用烧制的火砖，内墙用土砖，亦称为土坯子。打土砖的地点就选在我家的秧田。这样，打土砖就成了必须率先完成的项目。

盛夏时节，太阳如火，早稻收割后，秧田里的晚稻秧也全拔掉插到水田里去了，而我也放了暑假。有了天时和人力，把秧田的水放干晾晒几天后，打土砖也就正式开工了。我和父母姐姐把泥巴挖成圆盘状的大堆，撒上剁碎的干稻草，用脚把干稻草踩入泥中，经过多番的踩踏，成了黏稠的泥浆。那几天，我们不停地把泥浆挑到附近的晒谷场上，倒入土砖架子里，经过一番鼓捣和抹平，把砖架子轻轻端起，就成了一个个大土砖，密密麻麻铺满了整个晒谷场。而挖空了泥浆的秧田，也成了一个深深的长方形大坑。这时，我突然有了重大灵感，大坑放满水就是一口池塘啊！父母采纳了我的建议，在做了田埂加固及入水口和出水口后，蓄满了水，我家的池塘就这样诞生了。

往后的日子，我不停地往我家的小池塘投放我捉来的鱼、泥鳅、田螺和蚌壳。那时候，田峒里各种各样的野鱼真多，不但鲫鱼、鲤鱼、白条下水便能抓到，就是草鱼、鳙鱼、鲢鱼、鳊鱼也常有所获。这样日积月累，我家的池塘也有了丰富的收获。那年冬天半边瓦房建成后我们搬进了新家，过年干塘时，抓了好几条大鱼，乐得我父母姐姐笑成了花。

第二年春天，我砍来杨树枝插在了房前的溪水边，也就是我家池塘的堤岸。我的父母又在池塘岸边打上了瓜架，种上了苦瓜、冬瓜、水瓜和南瓜。再到盛夏的时候，杨树的枝叶在南风中呼啦啦地响，瓜架上爬满了藤蔓绿叶和黄色白色的瓜花，各种各样的瓜吊在瓜架下，几乎要接触到池塘的水面。阴凉的瓜架下也成了鱼和蛙栖身的好地方，走近瓜架，常能惊得吃草的鱼儿沉入水中，聒噪的青蛙蹦进池里。

岁月就这样静静地流淌，池塘年复一年给我们家带来欢乐和美食。有一年，生产队要重新调整田土，我们一家都担心这池塘分到别人家。半夜里母亲从生产队抓阄回来，兴冲冲地告诉我们，池塘又被我们家抓着了！我们心头的阴霾终于一扫而光，一家人都很兴奋，母亲还特地去神台前烧了纸香，感谢上苍有眼，感谢神灵的保佑。

杨树一年年长高长大，高过了瓦房的屋顶，固然带来了凉爽和悦目，但也挡住了堂屋的光线。陆续有村里来纳凉的人说，房前树太高不好，尤其是挡住正大门，会给住家带来不吉利。我们家人于是很恐慌，尽管心有不舍，我还是在父母的要求下，把我亲手栽的杨树一棵棵砍倒了下来。之后，我重新在池塘边的溪岸上种了几棵橘子树和一排月季花。

以后每隔几年，田土要调整一次，为了保住这口池塘，我们家常要拿多一点好一点的水田跟别人家交换。在我吃了国家粮，姐姐也出嫁以后，我们家能有权分田土的人最后只剩我的父母，最后我家的池塘终于不保，被一个不愿交换的人拿了去。不久，他说我们家的橘子树挡着他池塘的光线，便硬生生砍了三四棵枝繁叶茂的高大橘子树，那些艳丽的月季花也被他砍了个精光。看着新的主人在我开挖出来的池塘打草养鱼，我常有种深深的失落。

四年前，武广高铁客运专线修建时，线路恰好从我家瓦房前经过，我家的瓦房连同溪水前的这口池塘都被国家征用了。不久，瓦房拆了，橘树砍了，池塘也填了，连同此前已去世多年的我的父母，一切都湮灭在时光的长河里，那样令人心痛又无奈。

带着《叶赛宁诗选》流浪

青春年少的时候，总有些轻狂的梦想，譬如我，就曾无数次梦想着周游全国，为此，甚至可以不要工作。一如孤独的苦行僧，走到哪里，就吃到哪里，风餐露宿，一路饱览风景、见识人情，没钱的日子，就打临工，实在没办法的时候就向人群乞讨一点，然后再继续流浪的行程，写下一路的诗歌或者游记。

这个梦想曾在我的脑海里萦绕了好几年，及至我二十岁那年从湖南省建筑学校毕业的时候，依然时在胸膛燃烧。可是作为一个从山村贫寒家庭通过高考跳出农门的孩子，我终究没有践行这个梦想的勇气。于是，1989 年的夏天，我服从国家分配，回到了家乡的县城，几经周折，被安排到一个小建材厂工作。

刚上班的两个月，工资还能发放，每月六十元。可在接下来的日子，工厂每况愈下，有时在车间蓬头垢面地干上一个月，工资不但不能按时发放，而且再没有领过六十元的了，遇上经常停工的日子，工资就更少，有时连吃饭都很困难。为此，在星期天的时候，我常骑着单车从县城出发，经过几个小时的骑行，来到相隔近百里的家里，吃一餐中饭，向母亲要几块钱，或者炒一瓶子咸菜，再骑车返回工厂。即便如此，我那时却对文学有着深深的热爱，而且也想把心里的愁绪表达出来，甚至希望以写作发表诗歌或文章，谋一点生活的费用。因此，工作之余的时间，我经常到县城的新华书店看书。

1990 年夏秋之际，我在书店看书时，被一本刚出版的新书深深吸引住了，那是北京大学教授顾蕴璞翻译的《叶赛宁诗选》。这是一本厚厚的诗集，定价要几块钱，拿在手里沉甸甸的，读着里面的一首首优美的诗歌，越发令我爱不释手。几经犹豫盘算，最终，我怕错过了这本书而给自己以后带来后悔，便下决心买下了这部诗集。

这是我在穷愁之际艰难而正确的决策。这是一本深深打动我的诗集，那丰美的意象，优美的语言，对山村故土的真挚情感，那些奇特的想象，那些忧伤和愁绪甚至悔恨，无不契合我的心境。我每天都要一首首朗读叶赛宁的诗歌，这些诗歌给了我宁静和快慰，让我暂时忘却了失意、穷愁和迷茫，也激起了我诗情的勃发。

于是在我所居住的那间阴暗潮湿的简陋宿舍里，在一张破旧的小方桌子上，我开始了真正的诗歌写作。在诗歌里，我孤独的灵魂远离了城市，远离了穷愁，游荡在故乡的山野和田园。故园的风物、故园的宁静、故园的乡愁、故园的点点滴滴，渐渐流注我的笔端。很多时候，一首诗写完，我自己已是泪流满面。

不久我又在新华书店里买到了另一本好书，也是 1990 年刚出版的，是钱光培主编的《中国十四行诗选》。这部诗集，让我见识了一种全新的诗歌体裁，在一番阅读和钻研之后，我又尝试着十四行诗的写作。也就在这一年，我试着把写作的第一首十四行诗《早春》投寄到《湖南文学》杂志举行的文学创作比赛，竟然获得了优秀奖。

然而现实生活却越来越潦倒，工厂因产品滞销停产而常常放长假，虽然那时候社会上还不使用失业这个词，但我们工厂的大多数人员已然处于失业状态，包括参加工作才一年的我。为了吃饭，我不得不离开了工厂，回到了农村家乡，一面从事农活，一面等待时机另图打算。前途的暗淡和迷茫，更增添了我的愁绪，反复阅读《叶赛宁诗选》等文学书籍，给了我那段孤寂的乡间生活以慰藉，我的诗情也如门前不起眼的小溪般不息流淌。

之后的两年间，为了谋生，我奔波于湖南广东之间，或在工地上砌砖挑泥做苦力，或在农村插田挑粪干农活，或在工厂上临班，或被借用做乡镇规划，或在城市街巷里看招工广告不住地徘徊，或在海边漫无目的地游走，或蜷缩在旷野的水泥涵洞熬过漫长雨夜……当此之时，尽管体乏劳顿，囊中羞涩，但我的身边，总带着《叶赛宁诗选》这本书，不时看看，也能忘却饥饿和忧愁。

1993 年春，我的诗集《南游集》写成，意外得到当时中国著名乡土诗人饶庆年先生的垂青，在他主编的《七色雨》诗丛中，收入了我的这部诗集，拟由广东人民出版社出版。遗憾的是，尽管饶先生将自费出版的费用给我压缩了三分之一，然而我人在穷途，总共四千元的出版费用实在无法筹集，出版的事情我也就无颜再提起。

尽管如此，我依然要感谢那段艰难的岁月，在那些暗淡无光的日子里，因为有了《叶赛宁诗选》的陪伴，让我这个常在饥饿愁苦边缘徘徊的青年，有了精神上的收获。

四月八的红鸭蛋

尽管在县城里居住了多年，孩子们也一直在城里长大，但每当农历四月初八临近的时候，一同居住在城里的三个姐姐，便各自陆续买了八个、十二个或十六个成双数的新鲜鸭蛋，送到我的家里，作为这个特殊的节日给我儿女们的礼物。

这是旧时我们在山村里的习俗，也是我们儿时笑声最多的一天。

那时候，村里水田、池塘、水圳、山塘及江流，触目所到，皆是山清水秀，因此每户人家，几乎都养着或多或少的成群鸡鸭，有的人家还养着大白鹅。再穷的人家，也能从床底下的瓦罐里随时掏出几枚鸡蛋鸭蛋甚至鹅蛋来。

这一天，家家户户都要煎蛋做菜，或者水煮荷包蛋，或者韭菜炒蛋，或者葱花蛋饼，或者剁辣椒炒蛋，各色各样，蛋香满村。每家未成年的孩子，更是这个节日里的主角。头一天的晚上，或者初八这天的早上，母亲们已经煮好了新鲜的鸭蛋，有的人家甚至煮了鹅蛋，捞出来，放进兑水掺了红色染料的大瓷碗里，翻滚几下，就成了一枚枚亮眼的红蛋。

每家所煮的红鸭蛋都是成双的吉利数字，每个孩子最少两枚，装进红绳编织的蛋网兜里，一个网兜刚好装两枚，给孩子系在脖子上，挂在胸前，成了这个节日早晨的特有印记。

一时间，孩子们的欢笑就填满了整个村庄。若是晴朗天气，村前巷尾到处是笑闹的孩子，相互间炫耀自己的红鸭蛋，掏出来，比试一番，比谁的蛋更大；或者两两之间各拿自己的红鸭蛋撞击对方，比谁的蛋更硬，胜利的一方，哈哈大笑，得意扬扬，失败的一方，拿着自己的破蛋剥去了红蛋壳，拿在手里大快朵颐，笑声无处不在。

记得有一年的四月八，也是上学的日子，一路上，随处都是三五成群的小伙伴，悠悠荡荡走走停停拿红鸭蛋比试。到了学校，更成了红鸭蛋比试的大竞技场，每个人的胸前或手中，或挂或拿着红鸭蛋，追逐笑闹，快乐如潮。几乎每个班上，那一天都要斗出一个蛋王来，而且最后往往非红鹅蛋莫属。这也曾令我十分羡慕，因此就有一年，我闹着让父母亲也买了黄绒绒的小鹅苗来喂养，从此日日盼望着鹅群长大，生出饭碗大的大鹅蛋来，并且最终如愿以偿。

村前的江流里，架着简陋的木桥，桥有三跨，桥墩为枞木，每跨的桥板也是由三四根枞木用扣钉钉成，高高地临空架在水面之上。小时候每次从桥板上走过，摇摇晃晃，十分吓人。更有胆小的孩子，战战兢兢走到桥中央，就不敢再走了，吓得大哭，往往要大人赶来从桥上接了过去。而村里一直流传着一个古老的说法，说是四月八这天吃了红鸭蛋黄，就能够胆子长得更大了，不怕过桥了。于是，四月八这天，村里的孩子就大吃特吃红鸭蛋，那粉粉的蛋黄，尽管难以下咽，也往往用力吞下。有时，我们一帮小伙伴刚大口大口吃了红鸭蛋，立马就跑向江边去过桥，当我们飞快地从木桥上跑过时，顿时就感到了红鸭蛋带来的神奇胆量，仿佛一个个都成了小勇士，胆大如虎，兴奋得手舞足蹈，笑逐颜开。

至今离开山村已有二十多年了，不知旧时的这个习俗，是否还在村里延续？许多年来，我们这个古老的国度，一直在不停损毁自己民族的传统和文化，不论城乡。青砖瓦房作为破旧和落后的象征，被拆迁被摧毁，与之一同被当成垃圾抛弃的，就是有如“四月八”这样充满本民族泥土气息的远古文明。

早晨，接到电话，上小学五年级的儿子从家里带着两枚红鸭蛋上学去了，心里顿时一阵高兴。尽管可以想象，在儿子的同学里，能够知道四月八吃红鸭蛋习俗的孩子应该不多。但是，不管别人家是否还过这个节日，别人家的孩子是否在今天有四月八的红鸭蛋吃，我们还是照样过的。如此，我们决定在这个异地他乡，依然按照旧时在村里的习俗，过四月八，煮鸭蛋，吃鸭蛋。

端午的馒头

不禁想起家乡的馒头来。

家乡的馒头不是像如今在城里吃到的馒头，白白胖胖，蓬蓬松松。家乡的馒头是自己土里刚收割的新麦子磨成粉做成的，是用新梧桐叶垫在高粱秆子的蒸锅里蒸出来的，颜色深暗，像红非红像黑非黑像黄非黄像紫非紫的那种颜色，里面包着一点红砂糖，热热软软的，咬一口，流出一股黄黄黑黑稠稠浓浓的糖水来，令人口齿生香，眼角含笑。

说到小麦，现在的人似乎有一种偏执的印象，认为那就是北方大平原的物产。其实在南方山区，至少在我的家乡，在我青少年时代以前，小麦实在是十分寻常的农家作物。那时的村人，视土地为宝，只要是不适合种植水稻的地方，不论是旱田旱土还是开垦出来的山坡，在冬季都要种上一季小麦。当漫天瑞雪飞舞，花草树木萧疏，山沟路旁，村边河畔，一垄垄麦苗已碧绿如茵，如毯如被，如丝如缕，给沉寂的冬天带来了生命的活力。

春暖花开，麦苗哗啦啦拔节疯长，直往云天里上窜，用不了多久，就能把人淹没在绿海里。这时的麦地里，生长着嫩嫩的猪草，当中有一种我们叫烂布筋的草，沿着麦秆攀爬向上，如丝如缕，鲜嫩非常，是最好的猪草，扯了来，又干净又清爽，甚至不用水洗就可以直接剁碎煮潲喂猪。小麦抽穗的时候，麦地里能时常发现坏了的黑麦穗，这也是我们那时不可或缺的玩具，拔了来，俯在地上一弹，一条黑黑的直线就印在了上面。

麦地很快就转黄了，麦穗像长了长胡须的老人，在太阳的照耀下，一天天干瘦枯萎。开镰割麦的日子，村庄像被招惹了的蜂巢，人来人往，嘈杂纷呈。割麦用的不是割禾那种短把密齿小镰刀，而是砍柴割茅草用的那种锋利的长把镰刀。站在干燥的土地上，俯身割麦，沙沙有声。南风吹拂，阳光朗照，一片片麦浪倒伏，土地又变得空旷起来。小麦一捆一捆用棕绳或油茶树条子缚起来，用柴枪一担一担挑到村里的禾场上。

打麦子用的全是手力。打麦子的人字形木架斜撑在打扫干净的禾场上，上面搁置一块青石板，周围用麦捆围一个大圈。打麦子的时候，人光脚跨开站在禾场上，双手掐紧一把麦秆挥过肩膀，猛力朝着青石板打击麦穗，口里不自觉地发出一声一声“哼，哼”的用力声。随着节奏均匀的打麦声，麦粒飞溅，落满一地。

这段日子，村前公路上来来往往的拖拉机多了起来，山村上空整日响着噗噗突突的轰鸣声，有时甚至还有大汽车驶过的嘎嘎喇叭声，这些是来收麦秆的，据说是拖到县城的造纸厂里去，能够变戏法般造出一张一张写字的纸来。家家户户便将打完麦子的麦秆重新捆缚起来，一担一担挑到公路边的收购场地，换回多多少少的钞票，脸上笑逐颜开。拖拉机和汽车装满一车一车麦秆，堆得活像高高宽宽的蜗牛壳子，一摇一晃驶出了村庄和山岭。

磨坊就在村南江坝边，是几间低矮的青瓦房，中间围着一块三合土打成的禾场。从高坎水圳里落下哗哗的水流，冲击大水轱辘一圈一圈缓缓转动，流经磨坊前门，汇入江中清流。端午节临近的日子，磨坊热闹忙碌起来，水轱辘不停旋转，丽日白云下，磨坊的小禾场上，放了几排高高的木架，架子上用短竹竿挂着一挂一挂长面条，密密麻麻，如瀑如帘。晾晒干的挂面，切成一截一截，扎成一把一把。村人用麦子换了面条，带回家，做成汤面，放点猪油，放点葱丝，放点红辣椒灰，喷喷香香的，是过端午节的好菜，也是招待客人的佳肴。

端午节的大清早，村前江边大大小小的梧桐树，都有各家的大人孩子在采摘肥大的梧桐叶子，用来垫在大蒸锅里的高粱秆子做成的圆篾子上蒸馒头，这样蒸出的馒头既不粘连，又有一股梧桐叶的清香。馒头做成两种，一种没有放糖，圆圆的像个拳头；一种里面放了红砂糖，做成半月模样，热热的，拿一个在手里，从尖角上小心地咬一口，一股热糖水就流了出来，清甜，喷香。

江流里没有船，所谓端午节划龙舟的事情，我是在青年时代走出山村才看到过，那也与我没有什么关系。在我远去的岁月里，端午节其实很简单，就是全家人一起吃一碗汤面，吃一天母亲做的馒头，这已经足够我们津津回味一年，并期待着下一个端午节的到来。对于我，对于每一个顽皮的村童和少年来说，端午节更意味着江水不再冰凉，天气晴热，可以下水洗澡了。

扯花生

近些日子，我所寓居的小区菜场，陆续有时鲜的花生在卖。余姚的卖花生，与我家乡甚是不同：乡下上了年岁的男女村民，开着或蹬着小三轮，将刚从地里挖出来的花生连苗一齐运到菜场的胡同里，现摘现卖，看那花生，半嫩半老，全沾着一层乌黑的湿沙土。一问价格，却是不菲，或八块钱一斤，或七块，也有喊价十八块的，令人咂舌。想买一斤两斤来尝鲜，还要犹豫盘算好一阵子。

于是便想起家乡的花生来——其实，那也是二三十年前，留在脑中的记忆了。

村后村前的山窝里，全是一色的红壤旱土，每年都会如期种上花生，到花生苗开了小黄花的时候，放眼望去，一片葱茏绵延伸向远方。那时，我们日常的工作多是上山捡柴，三五成群，沿着花生地的泥径向山间慢吞吞地游走，偷花生也就是再自然不过的事情：走进一处花生地，目视茂盛的一蔸，伸手一拔，根茎断裂，脆然有声，沙沙抖落泥土，一粒粒洁白如米的嫩花生就明晃晃地挂在根须上，摘下来按进牙间，脆嫩如饴。

末了，将花生苗随手一甩，又拔起一蔸。

花生一天天长大，长得老成结实，苗上的小黄花不见了，枝叶粗壮墨绿。拔出一蔸来，密密麻麻吊满了花生，老花生多了，嫩花生少了，剥开花生壳，里面的花生子圆圆的，红粉粉的，丢进嘴巴嚼得满口白浆。这个时候，稻田里双抢的农活差不多忙完了，扯花生的节令如期而至，太阳如烤，正逢酷夏。

扯花生的日子，村人带着草帽或斗笠，在烈日下坐在矮凳或泥土上，从面前堆积如山的花生苗上摘下老老嫩嫩的花生，分别丢进箩筐里。将摘了花生后的一蔸蔸苗子反手一甩，又在身旁和身后堆积起一座座深绿的小山来。箩筐里的花生，一筐满了，又一筐也满了。汗水，笑容，烈日，南风，一齐在花生地里呈现。

那段日子，村里洗花生晒花生的场面蔚为壮观，池塘边，水圳边，江流边，一箩筐一箩筐的花生哗哗地在水里搓洗，溜干，再搓洗。禾场上，一片片长长方方的花生铺开晾晒，在阳光下白花花地十分亮眼。家家户户也连续上着花生的盛宴，孩子在嚼着生脆的嫩花生，锅子里煮着一大锅嫩花生。装出一大海碗煮熟的花生来，往桌子上一放，一双双大手小手伸了过去，没结子的嫩花生嘴里一嚼，甜甜地吞了；结了嫩子的花生，剥开，捏出皱着白皮的花生仁，一嚼，嫩嫩的，粉粉的，吞了。嘴巴咬合，啧啧有声，满足的笑容，在嘴角眼角边悄然荡开。桌子上，桌子下，是一摊摊剥开的花生壳子。

炒花生的香气也在村头巷尾飘散开来。晒干的花生，村人要仔细检选，把空瘪的、独子的、嫩子的、烂壳子的，挑了出来，用来自家炒了吃。品相好的花生，留下一些过年过节，装进木柜里、瓦瓮里，大多数则在赶圩的日子，用箩筐或者肥料袋子挑到圩场上卖了。

当大人忙着扯花生、摘花生、洗花生、晒花生、炒花生、卖花生的时候，我们更感兴趣的是掏花生。掏花生，多是孩子和妇女老人爱干的活儿。提一个提手小方筐，荷一把板锄，在扯完花生后的地里一寸一寸刨土，每一个花生从隐藏的土里呈现眼前，往往都在心里引起一阵喜悦。遗在土里的花生，有时挖断挖烂了，这都无妨，一律丢进篮筐里。每一块花生地，反反复复不知要给村人刨多少次。有时候，一两场大雨，隔了几天，地里的花生长出了嫩芽，粗细长短状如小儿手指，白白胖胖，掏花生的时候，拾了来，能做出一碗清炒花生芽的好菜，甜甜脆脆，嫩嫩爽爽。

当今的时代，离开家乡远赴异地学习和谋生已十分寻常，只是面对异乡的风物，总不免自觉不自觉地与家乡对比一番，即便小如余姚的花生，吃过之后，终究还是觉得比不上小时候家乡的花生香甜，便有一丝怅然自心间淡淡升起。

与蜂争蛹

母亲说，七蜂八蛇，七月的蜂、八月的蛇是一年中最毒的，因此常警告我不要逗蜂惹蛇。这个时候正值盛夏酷暑，是放暑假的日子，而我每日的工作就是跟同伴们上山捡柴，与蜂与蛇相遇，那是稀松寻常的事情，尤其是黄黑花纹相间的吊脚蜂，几乎无处不在。

那些日子，嘴馋几乎是我们每个人的通病，上山捡柴的路上，到江里翻石头掏洞子捉螃蟹，冲进土里扯花生翻红薯，或者看到几个勾着头露出黑亮亮瓜子的葵花盘，一拥而上拧下来，撕裂平分，一人拿着一块，一边晃晃悠悠往山上走，一边嗑瓜子。山上能吃的美味也有两样，一是或红或黄或青的野石榴，再就是白白胖胖的吊脚蜂的蜂蛹。

捡柴的时候，不时就会有吊脚蜂“嗡”的一声，从眼前从身旁飞了过去。或者从油茶树枝间，荆棘丛中，突然“嗡嗡嗡”窜出好几只吊脚蜂来。吊脚蜂成群出现的地方，往往就有蜂窝，仔细看时，一只拳头状大小的黑黑的蜂窝挂在枝条上，蜂窝下面有黄色的吊脚蜂仰身爬着，在蜂窝眼里进进出出。“有蜂窝！有蜂窝！”一阵大呼小叫，同伴们四处奔来，个个兴奋不已。

打蜂摘蜂窝是每个人都乐于干的事，每人从油茶树上扒下一根树枝，猫着腰举着，一步步慢慢围拢，如临大敌。走在前面最不怕蜂蜇的人猛然对着蜂窝一顿扑打，其他的人也蜂拥而上胡乱扑打。吊脚蜂嗡地四处乱飞，如子弹般对着人射来。“哎哟”“哎哟”，几声喊叫，有人捂着脸或者捂着手落荒而逃。一场人蜂大战之后，吊脚蜂飞得无影无踪，伙伴们聚拢过来，摘下蜂窝。有时，蜂窝密密麻麻的小圆孔全部是开着的，一个蜂蛹也没有，白打了一场。遇上运气好，蜂窝小圆孔有很多是封闭的，撕开孔眼上薄薄的皮，里面就是一只蜂蛹，尖着指甲拔出来，白白胖胖软软绵绵，尚在一摇一动。一人分一只或者两只蜂蛹，放在手掌上玩一玩，丢进嘴里嚼嚼，吞了。这个时候，被蜂蜇了脸或手脚的伙伴，大多自己在黄土上拉尿，拌和一下，涂在红肿的伤口上。

村里时常能看到被蜂蜇了的孩子和少年，或者脸肿得一边大一边小，甚至连眼睛都肿合了，或者手背肿得像弹花锤，或者手臂肿得像莲藕，或者手指肿得像红萝卜，这个时候，大人见了，往往会取笑一番：“哈哈，又吃包子了！”几天过后，肿痛消除，上山看到蜂窝，依然照打不误。

我的右手臂至今有一个黄豆大小的浅圆坑，那是在村后山打牛屎蜂留下的印记。村后山是禁山，各种高大的乔木和灌木长得密密匝匝，牛屎蜂特别多。所谓牛屎蜂，顾名思义，蜂窝大得像一团牛屎，牛屎蜂比吊脚蜂个头更大，也更凶更毒，不过蜂蛹也更多。那一天上午，我同一群伙伴来到山边，一番探查之后，发现在一丛灌木里有个状如牛屎的大蜂窝，牛屎蜂嗡嗡嗡地飞进飞出，很是热闹，我们个个匍匐着，不敢贸然打蜂。一番准备之后，我在同伴的鼓励下，左手举一个菜箩筐罩着头，右手拿一根树枝，一跃而上，对着牛屎蜂蜂窝扑打。“哎哟！”我一声撕心裂肺的叫喊，猛然而逃。大伙也一哄而散，逃得没有踪影。

我握着手臂，痛得大哭。刚好这时，同伴务祥的母亲从山下的空坪里经过，看到我被牛屎蜂蜇成这个模样，赶紧掀开胸襟，挤了一些奶涂在伤口上。我的手臂肿痛了很长的一段时间，溃烂流脓，好了以后，还是留下了一个圆圆的浅坑。

据说村北高岭上有一种鬼头蜂，蜂窝在地下，要是牛踩着了，连牛都要蜇死。有人说，打鬼头蜂，要用火攻，把鬼头蜂全部烧死在地下。而后，拿一柄草刮，一寸一寸刨土，能挖到半箩筐蜂蛹，像炒熟的豆子，实在香。

不过，有了牛屎蜂的教训，我实在不敢领教鬼头蜂蛹的香味了，想想都害怕。

葱堆子

晚稻收割之后，天气晴和，锦川两岸的田野顿时空旷起来。这个时候，一些放干了水并经过多日晾晒的稻田里，整日有人弓着背在用草刮子刨田埂上的杂草和田里枯黄的禾蔸，将一条条原本杂草丛生的田埂、一丘丘禾蔸密布的稻田，修整得干净而精神。傍晚时分，刨好的杂草与禾蔸连同粘连的泥土，已在稻田的中央堆成一个大而高尖的火淤堆子，底下铺着一层引火的干柴。在一阵阵火光中，一根根烟柱在锦川两岸腾腾升起，在半空中散开，融合，在群山和村落的上空，在夕阳和晚霞的下面，荡成一片蒙蒙的蓝烟。

不过，在紧挨着村前深水池塘的几丘大水田里，这些日子更加热闹。每户人家都会以生产队为单位，沿着田埂四周，在水田里划定一块方形的田块，用来筑葱堆子。筑葱堆子当然是大男人的活，赤脚裸背在田块周边一锄一锄挖出一坨坨田泥，泥水飞溅中，渐渐堆出了一个约莫五尺宽一丈长、高出水面一两尺的长方体泥堆。几天后，待泥堆子晒干了，各家从烧好的火淤堆子上，挑来焦黄干爽的火淤，在上面铺上一层，葱堆子由此告成。接下来，男人或主妇，从自家茅厕里挑来粪水，竹篮筐里提着葱子、蒜子、芹菜、菠菜、白菜、萝卜等各样菜蔬的种子，在葱堆子上种得满满当当。

秋阳的朗照下，葱堆子渐渐变化着模样：微绿，浅绿，嫩绿，深绿。盈盈秋水下面，倒映着一个个绿意盎然枝叶摇曳的葱堆子，宛如一枚枚方形的绿玉。蓝空如洗，流云若絮。

每一个葱堆子，与田埂都是一跨之隔。每一天，每一个葱堆子的男主人或者女主人都会从家里走来，或者在干完农活后，绕道于此，从田埂上一步跨上自家的葱堆子，或者扯几棵葱，几棵蒜，几棵芹菜；或者拔几个白萝卜，几个红萝卜，几个盘子萝卜；或者挑一把菠菜，摘一把白菜，一把茼蒿；又或者只是看看菜蔬的长势，浇浇水，淋淋淤；又或者是在一茬菜蔬采摘完之后，及时补种一些菜蔬的种子。然后再返身跨上田埂，心满意足回家去。

葱堆子之间，是清清的浅水，时常能看到田螺在水下的浅泥上爬行，群鱼在水中游动。有一种土话叫老婢括的小鱼尤其多，拇指大小，浑身紫黑且分布几道竖向花纹，鳞片粗糙，在阳光下显着紫光。我们常把这种小鱼抓来，装在玻璃瓶子里玩耍。

这几丘大水田里的葱堆子，要持续数月之久，从秋天，到冬天，一直到来年的春耕来临。在蛙鸣朗朗的春日，在大水牛的犁耙下，一个个葱堆子还原成稻田，完成一年一度的轮回。

如同消逝的岁月已不会再返，那些葱堆子和与之相伴的老婢括鱼，也永远消失在岁月的长河里了。

亦花亦菜

黄珠子花（栀子花）开的时候，周边的山山岭岭，整日都有村里的大人和孩子提着大篮筐和小篮筐，采摘这种喇叭状的洁白的花朵。

这是一种丛生的小灌木，我们那时叫黄珠子树，大约是因为它那成熟的果实色泽金黄且圆如指节之故吧。村后的后龙山和村北的枞山里，长着密密匝匝的高大乔木，那些散布在乔木周边，宛如抱着一条条粗壮大腿的黄珠子树尤其多。至于远远近近的油茶山上，大大小小的黄珠子树也轻易就能看见。平常的日子，我们对这种小树很是轻视，上山捡柴，这些长得枝条瘦弱却绿叶肥壮的小矮子根本就不入我们的法眼。

不过，在初夏雨后，它们仿佛一夜之间就全部约定齐了，在绿色的森林里开出一树树繁星似的花朵来。黄珠子开花的信息，也似乎在雨夜的酣梦里就通知了村人。新开的花朵，洁白如雪，清香四溢，摘下即可生食。一大早，无论山谷还是山腰，都能看到大人和孩子采花的身影。

每天一篮子一篮子的黄珠子花提回家，成了那个时节家家户户的时鲜菜肴。当天吃不完的，即用沸水焯后，铺在簸箕上或禾场上晒干。等到端午节临近，新鲜的辣椒出来了，抓一把干黄珠子花炒青辣椒，也是村人一道不错的美味。

这个时候，村前巷尾，土坎田角，池边河岸，一棚一棚的南瓜恣意生长，枝丫蔓延，蓬蓬勃勃，团扇一样，密密支撑起一片片深绿肥厚的大叶。在大叶之间，一朵朵金黄的大花分外亮眼。

南瓜花有公有母，母南瓜花下面结一个绿珠状的小南瓜，公南瓜花下则是光杆一支。这些传完花粉尽了天职之后的公南瓜花，也成了村人碗里的一道常菜。采南瓜花，往往是在晴天的早晨，露水未干之前，太阳正如一面大红镜子，从东山顶上射下来柔和的金光。记得那些年月，我家瓦房的池塘边，我们每年都要种上几棚南瓜。采南瓜花也是我喜爱的一项活计，小心地跨入瓜叶丛中，区别公母，采下一朵朵南瓜花。往往，这些花里，还有小瓢虫在爬，有小蜜蜂振翅在飞。

南瓜花采来后，摘掉花托连花蕊，两朵叠着套在一起，然后用沸水焯。吃法大致也是两种：焯后的南瓜花，可以油煎着吃；也可以浸盐后晒干，做油煎干南瓜花，又咸又酥脆，有时一块黄澄澄香喷喷的干南瓜花，父亲就能吃一餐酒，我们也能吃一餐饭。

摘金针（黄花）也正当其时，我的印象中，这个活基本是我父亲的专职。村里是否每户人家都种金针，我不得而知，但我家一向是种的。我家的金针种在村对门我家的油茶山脚，父亲在那里开垦出了一片旱土，用来种花生、红薯和金针。在一行行的土里，金针一丛丛密密地生长着，叶片尖长。金针开花的时候，一丛丛的长叶中央长出一枝枝亭亭玉立的秆子，秆子顶端开着一支支针状瘦长的黄花。

夏日早晨，天尚未大亮，早起的父亲就提了一个大竹筐出门摘金针去了。太阳离山顶一丈多高时，父亲已经提着一筐金针回来了。剩下的事情就由母亲来完成：焯金针，晒金针，收金针。经过多日暴晒的金针，干硬如针，黄中带红，泛着亮光。干金针主要是用来赶圩卖的，平时家里不舍得吃。过节过年的时候，抓一把干金针，用水泡透后，煮粉丝的时候放一点，或者在瘦肉汤里放一点，或者在烩菜里放一点，都是难得的佳肴。

后　记

记忆是村前流淌的小河

黄孝纪

草绿蛙鸣，万物复苏，春日的太阳渐渐暖和，村前的那几口深水大池塘陆续放水干塘。一年里，这些深水池塘总会在逢年过节时，干几回塘，捉几回鱼，改善村人的菜锅和饭碗。不过，这次干塘跟往常不一样，能够放干的水尽量放了，能够捉上来的鱼尽量捉了，用村人的话说，叫干塘底，以便腾空池塘来播种稻秧。

塘底也正如一口巨大的锅底，池水渐涸，大鱼小鱼顺水游来，聚集在这最后一潭的浑水里，冲撞，扑腾，挣扎，喘息。水潭里的鱼越捉越少，岸上围观的男女老幼卷衣卷裤越发躁动不安，突然一阵骚乱，已如一群黑压压的麻雀，呼啦啦跳进池塘，扑上了塘底。人们叫着、喊着、笑着，一个个弯腰弓背，双手在浑水里摸，双脚在浑水里划，泥水晃荡，满身满脸，全是飞溅的泥点水渍。这样的场景往往要持续到天黑，直到最后一个浑身泥污的男孩子，在浑水面上捉到最后一条昏了头翻着白肚皮的小鱼，又站在浑水里观望了许久，才在父母厉声呼喊里，依依不舍极不情愿地上了岸。

经过一夜的沉淀，第二天一大早，池塘有了新变化：软软的塘泥上，是大大小小的田螺和蚌壳滑过的痕迹，弯弯曲曲，或宽或仄，宛如一道道车辙，又如一幅杂乱无章的地图；塘底昨日那一潭浅浅的浑水，此刻也清澈见底，能看见一条条幸存下来的鱼儿在游动，能透过水看见塘泥上散布的石头、砖块、瓦片、树片、骨头，甚至能看见倒映着的树木、房屋、飞鸟、流云。

池塘的秧苗长得像毛茸茸的绿毯，春汛也自然而然地来了。雨水哗哗，山洪暴涨，村前江流泛滥成灾，江岸垮塌，老井淹没，木桥墩冲得歪歪斜斜，桥板卷走，村人出行十分不便。这样的景象几乎年年发生，以至我高中毕业那年，高考后填志愿时，脑里突然冒出一个念头：选填一所建筑类学校，将来为村里修一座桥。不曾想，这样一个片刻的闪念，竟然成真。此后我的生活轨迹，全然由此念头，成了塘泥上的田螺蚌壳，爬行得弯曲而杂乱。

从十八岁离开家乡，求学而谋生，于今已过去整整二十七年。当再次远离故土，回眸来路时，竟然觉得生活恰如塘底那一潭浑水，在岁月的沉淀之后，才渐次了然那水底的本真。

八公分村是我的故乡，重重叠叠的山岭密林，曾经把这里与外界隔开，偏远又封闭。那里有我出生的老瓦屋，有我的童年和少年，有我的亲情和友情，有我的欢乐和愁苦。那时的山水、人物、民俗、建筑、游戏、童谣、菜肴、食品以及诸多消失在历史时空的文明，像一幅幅生动而明丽的画卷，定格在我的记忆里，历久弥新。

我常想，我能为我的故乡做些什么呢？我不是官员，不能为村人谋一些职位；我不是富豪，不能给村里捐献款物、修建学校；我不是名人，不能给村人带来值得炫耀的荣光；我也不是大作家，不能以家乡为原型，创作经典不朽的鸿篇巨制。我只是一个极普通极低微的人，我少年时想为村里修一座桥的愿望都不能实现。我是如此不堪!

那么，就让我给已经消失和正在消失的那个记忆中的家乡画一些简单素描吧，用我这支简陋的笔，这双笨拙的手，这些粗浅的文字。

我的素描在一幅幅增加，我的记忆在一次次回放。这些真实的记忆，就如同村前那条小河，泛着清波，悠悠流淌，还将流淌。